松江异闻录

黄平 著

{ 题记 }

七个彼此穿插的神秘故事，无法定义本书是短篇还是长篇。
——《泰晤士报》被主编临时拿掉的一篇书评

北宋咸平二年黄龙府郊外的战役，明万历二十五年松江府的倭寇案，一九三二年辽东山区的神道教，一九三八年的水晶之夜，一九四三年东京大学安田讲堂的刺杀，二〇一九年秦岭深处废弃别墅里的鲁迅遗稿，二〇七三年穿梭在四大名著里的机器人。这一切都发生在一本短篇小说集里。你不想知道偷鲁迅遗稿的那个家伙，在一九四三年的安田讲堂里，是怎么被他美艳而忧伤的女学生乱枪打死的吗？
——亚马逊网站上黑色星期五促销前夕的宣传

谁能告诉我这到底是些什么？第一篇是亚洲人喜欢的密室推理；第二篇运用克苏鲁元素；第三篇是中国电视上常见的那种谍战题材吗；第四篇是讨厌的密码，文本套着文本，德语与中文在不断转译，学院派最喜欢的卖弄学问的类型。最可怕的是最后一篇，这难道是那种甜兮兮的纯爱小说么？罗伯特，你敢相信吗，我读到了流星雨，还有一千年的等待。

——波士顿汉学大会茶歇时，耶鲁大学Arrogant教授对美国著名文学出版人罗伯特的抱怨

中国会有自己的大卫·米切尔吗？我的意思是，像您的《云图》《幽灵代笔》那样的作品？据我对中国创意写作专业的观察，境况堪忧。

——米切尔访问上海前夕，《巴黎评论》准备的访谈

{ 目录 }

鲁迅遗稿 001

松江异闻录 047

英魂阵 075

大地之歌 115

不可能的任务 161

我，机器人 187

千禧年 229

后记 298

01

鲁迅遗稿

第 一 幕

"天空不像唐朝的天空了。"

飞机缓缓下降,穿过浓云,透过舷窗,机场已隐约可见。舷窗映出孟弧瘦削的脸,面容憔悴,眼眶深凹,眼圈有一丝发黑。看着窗外灰蒙蒙的天空,孟弧默默念出鲁迅先生这句话,合上《鲁迅著译编年全集》第五卷。临行前,他在书房里盘算许久,就像战士临阵前摩挲弹匣。届时将没有手机,没有电脑,从上海飞西安,由不得带太多的行李。他没有选择《鲁迅全集》或者别的版本,精心挑了这一本,这一卷完整地涵盖鲁迅先生一九二四年的西安之行。

没有太多准备的时间,对方几乎算定,他看到短信后一定会来。昨天上午收到的短信，约定的是今天中午的航班。孟弧是上海青年文学评论家的翘楚，大夏大学中文系的知名教授，从未收到过如此冒失的邀请。但这条短信的内容，让他无法拒绝：

孟弧教授：

久仰先生盛名，今有一事相邀。我受内山完造先生后人委托，请您鉴定鲁迅先生长篇小说《杨贵妃》手稿真伪。兹事体大，万望保密，并谢绝携带任何电子设备。书稿现在西安，盼先生于明日乘坐东航MU2156航班抵陕面议。

孟弧心脏狂跳地看完这条短信，中国文学的几大遗憾之一，就是鲁迅没有写过长篇小说。鲁迅一九二四年的西安之行，本来是为《杨贵妃》搜集资料，但从西安回到北京后，突然没有缘由地放弃了《杨贵妃》的写作。难道鲁迅写出了《杨贵妃》的手稿，并且把手稿留给内山完造？孟弧想回拨电话，却发现短信是通过网络软件发过来的。这是诈骗短信吧？现在骗子的文化素养不低啊。

似乎是猜到了孟弧的震惊与怀疑，对方随即发来第二条短信，这次是一张图片。孟弧认出这是民国时期静文斋的笺纸，上面的笔迹是熟悉的鲁迅字体：

灰黑色的城墙和雉堞，城墙外，武士们持着矛，一排排的呆站着。远远地有两匹马并着跑过来。此后是拿着木棍、戈、刀、弓弩、旌旗的武人，走得满路黄尘滚滚。又来了一辆四匹马拉的大车，上面坐着一队人，有的打钟击鼓，有的嘴上吹着不知道叫什么名目的劳什子。路边的人陆续跪倒了，伏下去。一辆黄盖的大车驰来，车上呆木头似的沉默的，花白胡子的太上皇，就是玄宗了。

一个黑瘦的乞丐式的人，忽地站起，扑向玄宗的大车。他拔出青色的刀，青光充塞宇内，那刀便溶在这青光中。大欢喜的光彩，从这刺客的眼睛中射出来。

玄宗瞪大亡魂失魄的眼睛，天边的血红的云彩里，有一个光芒四射的太阳，如流动的金球包在荒古的熔岩中。

孟弧推敲这几段文字，确定是鲁迅的文风无疑。而且孟弧知道，这个开头和鲁迅好友冯雪峰的回忆对得上。在冯雪峰的回忆中，《杨贵妃》正是从玄宗被暗杀写起，鲁迅还亲口告之冯雪峰，"这样写法，倒是颇特别的。"孟弧把图片下载到电脑里，像欣赏书法一样，放大每处墨迹反复揣摩。假如这是真的，这将是改写中国文学史的事件，也是每个文学研究者梦寐以求的时刻。孟弧努力平静自己的心情，他还有一个月就四十岁了，这是四十岁这一年又一个大礼包吗？这可比他之前谋划的大礼包贵重。如果是诈骗的话，对方能骗到什么呢？代表东方航空骗他一张机票？他深呼一口气，貌似淡定地回复道："感谢邀请，很有趣的活动，我去参观学习。"

西安咸阳机场，T3航站楼。

暑假，机场里到处是游客，孟弧随着人群往外走。他看到出口接机的人群中，一个矮壮的出租车师傅，汗衫卷在肚脐上，举着块废纸壳，上面用黑笔粗糙地写着两个人的名字：吴远行、孟弧。孟弧心里瞬间浮起一丝不快。请一位空姐捧着一束红艳艳的仙客来，和请这位师傅拿着个快递箱的纸壳，孟弧并不觉得有什么区别。他觉得不快的，是燕京大学的吴远行也在受邀请之列。这次或许名垂青史的鉴定，他无法独享了。

孟弧淡然地走到这个师傅面前，客气地打个招呼，细看一眼牌子，孟弧的"弧"还写错了，写成了孟孤。师傅生冷地问孟弧，吴远行人呢？孟弧解释他是从上海飞来的，吴远行是北京的教授，和他不在一个航班。正说着，孟弧看到吴远行从行李转盘上取下来一个黑色手提箱，远远地走出来。吴远行也看到他了，脸上瞬间浮起笑容，热情地挥着手。

吴远行和孟弧同岁，洛阳人，微胖，个子不高，两眼炯炯有光，说起话来嘴唇下有个肉窝，一幅龙门石窟里的大佛长相。孟弧倒是又高又瘦，快一米九的个子，平日里的学术活动，他和吴远行走在一起，背影望过去，很像神龙教里的胖头陀瘦头陀。孟弧作为评论家，在学术上是一个杂家；而吴远行专攻鲁迅研究，各类重大项目拿个不停，被视为四十岁之前的鲁研界学术新星。燕京大学这几年的鲁迅研究，也俨然有超越北大人大等学术重镇之势。孟弧看着吴远行微笑着走过来，心里忽然涌起一个疑问：自己尽管在中国现当代文学研究界和吴远行齐名，但毕竟不是鲁迅研究专家，对方请吴远行好理解，为什么同时还请他呢？

孟弧不及细想，和吴远行握手寒暄，并排往航站楼外面走。师傅在身后提醒一声，"还有个人哩"。两个人一愣，已走到T3的出口。这一天正逢立秋，关中还是燥热，暑气扑面而来，像臊子面出锅一样热气蒸腾。孟弧擦下眼镜，定睛一看，西安当地古都大学的许构正在外面抽烟。

孟弧和吴远行又惊又喜，以为是老朋友许构邀请他们来的。许构和他们同龄，四十岁不到，已经是古都大学中国现当代文学教研室的主任，擅长传统文化与现代文学关系研究。京沪之外引人瞩目的青年学者，一般会想到许构。今年五月"五四运动"一百周年纪念，在华东师大举办的学术研讨会上，就是孟弧、吴远行、许构以及华东师大本校的王平四位青年学人做的大会主题报告。两三个月没见，许构还是一副陕西话讲得闲人样子，有点无所事事，有点颓丧。无论长相还是神情，都酷似这两个月热播的《长安十二时辰》里的张小敬。许构也看到他俩出来，把烟掐灭，有点茫然地看着他们："这是个啥事？你们俩也收到短信了？"

出租车从机场出发，沿着绕城高速一路向南，没有进西安市区，而是直奔秦岭北麓而去。道路两边万峰巉巉，高下峥嵘，山林里余晖淡去，暮色愈发沉重。

一路上许构向孟弧和吴远行介绍他了解的经过。他也是昨天上午收到的同一条短信，唯一不同的是，作为本市的专家，短信结尾告诉许构有一辆车接他去机场。许构本来以为是飞到外地鉴定，上车后，师傅告诉他还要去机场接两个人，之后去秦岭北麓将军山曲峪峡里面的一处别墅。许构想盘问出谁请师傅来接的站，师傅说就是出租车公司派下来的活，一个客人电话订的车，其余一概不知。孟弧和吴远行都是聪明人，知道兹事体大，对方刻意保密。只是本地人许构觉得这事怪得很，曲峪峡那片的违建别墅这段时间正在拆除，前几天下过大雨，峡谷里恐怕更是泥泞难走。感觉这个保密的排场，不是鉴定作家遗稿，而是鉴定传世国宝。吴远行表态鲁迅遗稿就是传世国宝，捍卫鲁迅之余，和许构闲扯鲁迅一九二四年西安之行的趣事，嬉笑地介绍鲁迅来的路上腹泻，一路上吃的拉肚子药叫"help"。

孟弧更多时候是沉默，他不时盯着手机上的导航，想把行车路线记下来。但是进了秦岭后，信号越来越差，转进将军山，手机上的信号完全消失了。他放下手机，凝望着车窗外连绵的秦岭冷杉，苍苍渺渺，像肃然的秦国甲士。他心中隐隐觉得古怪，但是又找不出具体原因，一种不安的感觉挥之不去。

从绕城高速到关中环线，下高速走村道。从村道灰白色的水泥石板路开进去，穿过一片山杨林，又开了近一个小时，来到一条幽寂的小河前。水疾且浊，河上有一座水泥桥，桥的尽头是一片笼在雾霭中的别墅区。桥头立块牌子，红油漆厉色写着：危桥禁行。

司机把车停在桥头，说什么也不走了。他指着桥体说，上个月拆迁，渣土车天天往来，桥面开裂，车过不去，走路没问题。夜色中望过去，河边的别墅一片残垣断壁，里面的一排似还没有来得及拆，影影绰绰，没有半点灯光。环境倒是极好，这条河和这片山杨林，把别墅区和外界远远隔开，唯一出入口就是这座桥。司机转身向坐在副驾驶的许构要钱，开口就是一千五。许构脾气也急，骂一句你怎么不去抢哩。司机早有准备，拉着许构三人下车，打开后备箱，指着里面说，这一千五是全算在内的。

后备箱里，整整齐齐码着三箱涟漪矿泉水、三箱银桥牛奶、三箱米旗面包，甚至还有三包卫生纸。这些上面，还垒着三辆菜市场常见的简易手拉车。司机给每人分了一车,告诉他们这是订车的客人安排的,车费加上这些,电话里约好一千五。订车的客人还在电话里保证,你们仨肯定会给。孟弧等人面面相觑,假设鲁迅遗稿就在河对面的别墅里,那多少钱的车费,都要走这一遭。三个人各付了五百给司机,出租车扬尘而去。三位青年学者,一手拉着车,一手提着皮箱,一个接一个走过小桥。临走时司机告诉他们,电话里约的别墅,是最里面的一栋。

这片别墅区,原本是仿传统徽派风格,青砖小瓦马头墙,回廊挂落花格窗,在深山里打造世外桃源。现在进门的几栋,只余一地瓦砾;里面的几栋还在,森森然渺无人迹。拆迁队已经撤离,估计等着桥面修复。路上许构讲起这片违建别墅的由来,孟弧和吴远行在电视上也看过相关报道。一轮冷月升起,几人沿着小径徐行,路两边密密种着樟树、雪松与悬铃木,山风徐来,浅吟低啸。走到小区最里面的一栋,这个1号别墅虚掩着铜门,大门左右挂着"厚德载福""和气致祥"两块牌子,牌子边各栽两棵旱柳。

透过大门望进去,院子里荒草有半人高,种着石榴与女贞,开着一大片白色的木槿花。无论怎么看,也不像有人住的样子。孟弧矜持，还敲了敲门。许构推门进去，庭院里安静得连一只野猫都没有，只是惊起女贞树上的几只山雀。房子共有三层，一楼是客厅与厨房，客厅与厨房中间是卫生间，卫生间对面是上楼的步梯。二楼有三间卧室，两大一小。三楼两间房，应是一间卧室一间书房。书房外是大露台，直对山景。整栋估下来有三百多平，目前还是水泥毛坯，只是一楼的卫生间交付时装了简易的台盆与马桶，供装修工人使用。

三人互相照应，楼上楼下走了一圈，越走越惊诧。他们回到客厅，面面相觑，这诡秘的场面，是来之前万万没有想到的。他们都习惯了一路被当地作协或大学周到照顾的文学研讨会，习惯了签到处、资料袋、星级酒店的大床房和包厢里的红酒。孟弧生性谨慎，主张明天天亮就回城。吴远行有些懵，抿着嘴不说话。许构尿急，去一楼卫生间方便。他拍拍门口的开关，发现没有通电；扭开水龙头，还好已经通了水。许构打开手机电筒，发现这个卫生间有人来过：马桶的水箱上，提前摆着一台巴掌大的老式索尼随身听；马桶对面靠墙摆着三张叠起来的行军床，每张床上搭着一条裹在塑料袋里的毛毯。

三个人饥肠辘辘，各拉起一张行军床，围坐在客厅里，吃着面包喝着牛奶，按下随身听的开机键。月光透过落地窗玻璃照进来，照在此刻几位民工模样的青年学者身上。伴随着久违的磁带沙沙声，一个低沉的女性声音响起。鲁迅先生一九二四年的西安行，孟弧等人二〇一九年的西安行，像滚动在月色中的水银，在这秦岭深处废弃的别墅中，渐渐交融在一起。

第 二 幕

阳光刺眼，透过沾染着水泥灰尘的玻璃照进来，有一丝沉闷。许构走到落地窗前，推开一扇窗子，透一口气。近中午了，几个人刚刚醒。昨夜为了安全，三个人都睡在客厅，行军床东一张西一张胡乱摆着。入户的大门，孟弧用行李箱上的挂锁牢牢锁住。吴远行胡乱洗一把脸出来，眼睛里带着血丝，他坐在床上，看着他们俩说："内山完造在日本好像是有一个女儿。"

作为鲁迅专家，吴远行对内山完造的生平颇为了解。吴远行讲，抗战胜利后，内山书店被国民党接收，内山完造被遣送回国。一九五〇年，内山完造与加藤真野结婚，这是他的第二任妻子，他们生下了一个女儿。关于一九五〇年代的内山完造，吴远行所知不多，他觉得内山完造先生似乎有什么事情想告知国内，但内山完造本人很犹豫，也一直没有找到合适的渠道。一九五九年九月十九日，内山完造亲自飞到北京，但在当晚的宴会上，突然发抖昏迷，第二天就在协和医院去世，死之前一直昏睡不醒。这一年内山完造七十四岁，就这样永远留在了中国，和第一任妻子、一九四五年病逝于上海的内山美喜子，一起安葬在上海虹桥路的万国公墓。

孟弧和许构静静地听完吴远行的介绍，许构说："昨晚上录音里的那位，就是内山完造和第二任妻子的女儿？"

"嗯，她自己说是日本冈山大学东亚艺文系的教师。你记得吧，她说《杨贵妃》这个手稿是在冈山的老房子里发现的。冈山这个地方，就是内山完造的家乡。"

许构说："那她为什么不来一次中国见面聊聊呢，托人弄得这么神神鬼鬼，她今年还不到七十岁吧。"

吴远行说："或许她父亲当年在北京的意外去世，让她没有安全感。"吴远行顿一顿说："似乎内山完造通过鲁迅遗稿，知道什么我们不知道的秘密。"

许构说:"鲁迅就是个作家,他会掌握什么秘密呢?"

吴远行摇摇头:"民国那个时代很难讲,而且鲁迅先生不是一般的作家,各方势力都在争夺他。"吴远行想了一想,又说:"鲁迅先生临终前,去过的最后一个地方,就是内山书店。一九三六年九月十八日当晚,鲁迅用日语给内山完造写了一个便条,表示身体不舒服,当晚十点他本来还约定和内山完造见面。这个便条是鲁迅先生留下的最后的文字,十九日晨,鲁迅先生去世。他那天晚上想约内山完造谈什么事情,只有天知道了。"

大家一时无话,乱世知识分子的生活,确实和他们现在的生活天差地别。孟弧从行李箱里翻出来一块黑巧克力,自己掰下一块,递给吴远行和许构。吴远行接过巧克力说:"今天的关键,也是昨天这位女士重点讲的,就是参透她告诉咱们的这三段文本。"

许构说:"她这是要考考咱们呐。她说第二盘录音带也在这个房间里,线索就在这三段文本之中。"

孟弧说:"考就考吧,早点结束此事早点回家。住在毛坯房里,这是人生第一次。"

吴远行说:"你这是习惯海上的花园洋房了。"

孟弧说："你这首都来的大教授，在北京住得差？"

吴远行说："呵跟你们上海学者不能比，海淀那一片的老房子你不是不知道。"

孟弧看一眼许构，找补一句："还是长安的学者最好，听说你们在大学城分的房子，每个教授都是二百平的大平层。"

许构避而不谈，指着行军床上的记事本说："抓紧干活吧。"

这个记事本记录下昨天的录音带中，这位没有具名的日本女士念的三段文本，据她说就是《杨贵妃》手稿上的三段。她表示该手稿记录的内容非常重要，她要确定请来的三位专家，有真正的鉴定能力。录音并不长，但是反复记录校订这几段文本，就搞到半夜两点。

第一段：

一道阳光斜射在西壁上，高力士顺着剥落的宫墙走路。很能耐寒的树木也早经秃尽了，灰黑色的枝丫，叉于清朗的天空中。微风起来，露在墙头的枝条，带着干枯的叶子摇动。

出了宫门，没有直走大道，转入岔路，在宫墙下慢慢的绕着。风大起来，括上黄尘来，遮得半天暗。

现在的长安可是不比一两年前，玄宗在位的时候，街道宽阔，房屋也整齐。大店铺里陈列着许多好东西，东市西市的店铺里，堆积着蜀锦、吴绫、胡靴、绛纱镜、铜器、酒器、名瓷、茶釜、茶铛、茶碗、空青石、黄连、璓瑁、珍珠、象牙、沉香……而今只余严冬的肃杀。

高力士拐到皇城东的永兴坊，路过云麾将军左龙武将军刘感的宅邸，沿十字街走到西边的荷恩寺。走到门口，高力士忽而觉得有些口渴。

第二段：

玄宗毫无动静地坐着，好像一段木头。

"父皇，您好吗？"李亨轻轻地说，极恭敬地行着礼。

玄宗瞪着眼看定大殿的屋顶，沉默了一会儿，咳嗽几声，白胡子里面的嘴唇在动起来。

李亨屏住呼吸，侧着耳朵听。玄宗的牙齿都掉光了,发音不清。

李亨很有些焦躁模样,声音大了些:"父皇,高力士总不肯说,他说完全记不得了。这样东西,怎么会记不得呢?"

"那不碍事,那不要紧。"玄宗说。

"怎么会不要紧?"李亨斜射出眼光来,有些愤懑。

哇的一声,夜游的恶鸟,飞过了甘露殿。

玄宗仿佛并没有觉得,但仿佛又有些觉得似的:"对对!"

两人没有话。李亨深深地倒抽了一口气,只是很懊恼,觉得有什么不足,又觉得有什么太多了。

第三段:

这是那里,我怎么到这里来,怎么死的,这些事我全不明白。总之,待到我自己知道已经死掉的时候,就已经死在那里了。我的身体似乎比活的时候要重得多,所以压着黄裙的衣皱,便格外的不舒服。

听到几滴水声,几声喜鹊叫,接着是一阵乌老鸦。

大约正当黎明时候罢。

黑沉沉的一无所有，只有映出的月亮灰白的影。上下四周，无不冰冷。

三个人仔细地读了几遍，鲁迅先生的文字自然是一流的，但是如何凭借这三段文字，推敲出第二盘磁带所在，大家都很茫然。吴远行喃喃自语："这些文字好熟悉啊，但就是想不起来在哪里看到过。"孟弧和许构也有同感，这几位评论家平日各种应酬忙得脚不沾地，对于作品都有些生疏。为了掩饰尴尬，许构开玩笑说："等远行老兄那个'鲁迅研究历史文献大型数据库建设项目'完成后就好了。"说完，他又推一推孟弧："你这大评论家是文本细读的高手，你来讲讲？"孟弧皱着眉头，敲着记事本上的第一段问许构："长安当年108坊，真有这个永兴坊吗？"

许构答道："严格来说玄宗时不是108坊，不过永兴坊一直在。魏征的家就在永兴坊。"

孟弧说："文学归根结尾是一种隐喻，这个道理你们两位大咖当然明白。这三段就是谜面，谜底，是一个物，或者说是一个位置。"孟弧停顿一下，继续说："我想，高力士走的这条路看起来很奇怪，是不是在隐喻什么？"

吴远行和许构听孟弧这么讲，又翻回来看第一段。许构说："高力士走没走过这条路不知道，但这段地理位置上的描写，鲁迅先生是写实，是按着玄宗当年的长安布局来的。"

吴远行盯着永兴坊反复地看："永兴坊现在是哪里？"

许构说："永兴坊么，你几年前去西北大学开会那次，晚上我不是来找你出去吃消夜嘛，那次去的就是永兴坊的美食街。咋跟你说呢，就是靠城墙东边。"

吴远行哦了一声："想起来了，咱们吃完后去看的秦腔。"

"对，咱们吃完去易俗社看的《三滴血》，那一路大概就是当年的永兴坊。现在的永兴坊比唐朝那时候小多了。"许构说，"我老家也在那一片，长安历史上著名的灵异事件所在地。你们读过《酉阳杂俎》吧，在唐朝的时候永兴坊的井闹鬼，我小时候还听过这个传说。"许构国学底子好，也常讲这个段子，竟背了出来："永兴坊百姓王乙掘井，过常井一丈余无水。忽听向下有人语及鸡声，甚喧闹，近如隔壁。井匠惧，不敢掘。"

孟弧和吴远行没有读过《酉阳杂俎》，只是知道鲁迅在《中国小说史略》中研究过该书。孟弧又指着第二段说："这一段鲁迅先生写的是玄宗和李亨的对话，注意地点是在甘露殿。"许构一下子想起来，"玄宗被赶到甘露殿，是公元760年夏天以后的事。李亨756年即位，玄宗那个时候起就被架空成太上皇，可恓惶了，自己的兴庆宫也不能住。玄宗被赶到甘露殿后，高力士也被流放了。"

吴远行说："读这一段，李亨很焦虑，他好像有什么东西在玄宗这里。似乎高力士也知道此事，但不肯说。"

孟弧继续说："此外，第三段的死者是谁？顺着第二段的逻辑，我一开始以为是高力士被李亨杀了，但是注意，这个死者穿的是黄裙。"

"黄裙？"

"死者是个女人，"孟弧说，"而且这里鲁迅先生的叙述手法很现代，是从死者的视点出发的第一人称叙述。"

许构说："鲁迅为什么要这么写呢？"

孟弧摇了摇头："我现在还不清楚。这三段感觉彼此之间有一种微妙的呼应，但是到底在暗示什么呢？"

吴远行和许构也陷入沉默。临近中午，林静鸟稀，秦岭夏天的风吹进来，隐隐带来流水声。在他们看不见的地方，河边枫杨的果实垂蔓着，偶尔落在河中随波而去，尘世的喧器，远远在山谷之外。

孟弧睡不着，他习惯独处，也是嫌许构他们这两晚呼噜声大。他把床搬到了二楼，在三个房间里挑一个最小的，设计上应该是保姆房。这是住在毛坯别墅的第三晚，孟弧一直克制着内心的焦急，他必须要在几天内离开西安，还有一件大事等着他。

借着手电的亮光，他再一次翻出记事本。其实不用再看，这几段话他差不多背了下来。怎么从字里行间找出蛛丝马迹？孟弧试遍所有文本细读的方法，也很难解开眼前的这道谜。他曾经想着要不就这么算了，干脆走出房间，穿过别墅区，从小桥过山杨林，到村子里包一辆车，就这么回到城市，回到他所熟悉的世界该干嘛干嘛。但是眼前的文本充满着无穷的诱惑，这诱惑一半来自鲁迅遗稿本身，一半来自发现遗稿所带来的巨大声望。孟弧思来想去，还是舍不得走。吴远行和许构这两天也在抱怨，在这毛坯别墅里吃不好睡不好，但大家恐怕是一样的心思。

他反复推敲这三段文字，凭借着一流文学评论家的敏锐，他觉得关键所在是第三段。前两段是常见的第三人称叙述，历史小说常见的写法。但是第三段是从死者的视点展开叙述，这在鲁迅准备写作的一九二四年，乃至于今天也不常见。孟弧想到的类似作品，有莫言的《生死疲劳》，余华的《第七天》，还有拉美作家鲁尔福的《佩德罗·巴拉莫》。这些作品也是他在大夏大学的课堂上，经常带着学生一起细读的。但是回到鲁迅这里，为什么要这么写呢？

他放下记事本，枕着双手，凝视着头顶的水泥天花板，感觉这两天仿佛被困在一口井里。屋子里太安静了，方圆几里地，可能就他们这几个活人。他横竖睡不着，掀开毛毯坐起来发呆。隐约间，他听到滴水的声音，在这深夜中，一滴一滴地传了过来。

孟弧突然闪念，"听到几滴水声"这句话出现在第三段之中。死者所在的环境，必然有水！一个思路像电流一样，将大脑不同区域依次点亮。也许第三段写的"我"，并不是一个"人"，而是以拟人的方式写的一个"物"。那么，它所在的地方必然有水！此刻，就在这栋毛坯别墅里，哪里在滴水？此刻耳朵里的滴水声，是哪里传来的？

只有那个地方！孟弧激动地站起来，摸索着蹬蹬走下楼，脚步声惊醒了睡在大厅里的吴远行和许构。两个人朦胧中扭过头，只见孟弧站在一楼卫生间前。孟弧深吸一口气，按捺自己的兴奋，走进卫生间，蹲下来，用手在马桶下面摸索。没有摸到什么，孟弧站起来，想了想，打开水箱盖。水箱盖的背面很潮湿，一滴滴水珠，不断落在水箱里。在水箱盖背面的正中间，一盘磁带，装在密封的防水袋里，横七竖八地用黄色胶带粘着，像在水箱盖下面粘了一颗炸弹。孟弧撕下胶带，擦擦手，把袋子拿到手里，这就是他们苦苦找了三天的第二盘磁带。

三个人都毫无睡意了，他们再次围坐在一起。浓云遮月，各自手机也没电了，周遭一团漆黑。在这秦岭深处的黑暗中，磁带里一个男性声音响起。这一盘磁带和第一盘不同，讲的内容远远超过鲁迅遗稿本身。孟弧他们听得目瞪口呆，原来鲁迅一九二四年的西安行，并不仅仅是为《杨贵妃》的写作而来，而是卷入了一个流传千年的秘密。

第 三 幕

三个人一夜没睡，还沉浸在昨夜的惊愕中，心里有团火在空洞地燃烧。

许构舔舔干裂的嘴唇，问道："大家啥主意？"

孟弧不说话，看着吴远行。

吴远行一只手揉着太阳穴，似乎有些头疼。他想了一想说："一九二四年请鲁迅来西安的，是当时的大军阀刘镇华。他是陕西督军。刘镇华与鲁迅之间，本来八竿子打不着。实际上动议邀请鲁迅的，是北大两个青年学生。"

"就是两个大学生？"

"嗯。现在想起来是有点古怪。一个叫王捷三，一个叫王品青，都是陕西旅京学生联合会的成员。他们是通过当时西北大学校长傅铜的关系，通过傅铜说动的刘镇华。"吴远行转身从自己的双肩包里拿出几本书，有孙伏园所著《鲁迅先生二三事》，有单演义所著《鲁迅在西安》。他拿起《鲁迅在西安》："我记得也不一定准确，更详细的资料，你们看看这本书，这是西北大学一位老教授写的。"

孟弧接过书，补充道："我记得鲁迅先生一九二四年的日记，也多次提到王捷三和王品青。王捷三这个人，当时是北大哲学系大三的学生，也是鲁迅先生西安之行的接待员。"

吴远行说："之前没有重视过王捷三这些青年。听昨晚上磁带里讲到内山完造遗留给女儿的那封信，才认识到原来他们的角色不简单。"

两个人说着说着，转向许构，"老兄，你对传统文化有研究，那盘磁带里讲到的传国玉玺的传闻，是真的吗？"

一夜没睡，许构眼泡发肿，头发乱蓬蓬的。他喃喃地说："'受命于天，既寿永昌'。谁拿到了传国玉玺，在军阀混战的时代，谁就是天命的代表。"

许构讲给吴远行和孟弧，传国玉玺是秦始皇命李斯所制，四寸方圆，五龙缠绕，刻着李斯的篆书。从秦开始，一路经两汉、三国、两晋、宋、齐、梁、陈、隋，传到唐朝。隋朝灭亡后，隋炀帝的皇后萧皇后，带着玉玺逃到突厥部。李世民即位，萧皇后从漠北回到中原，奉还传国玉玺，传国玉玺回到唐朝皇帝手里。朱温灭唐，夺了传国玉玺建立后梁；李存勖灭后梁，夺了传国玉玺建立后唐。石敬瑭割让燕云十六州，借契丹兵灭后唐，后唐最后一个皇帝携皇后、太子与传国玉玺自焚，至此传国玉玺不知去向。

吴远行说："后梁、后唐的都城都是洛阳，传国玉玺最后是在我老家失踪的？"

许构说："未必。我们陕西一直有个传说，安史之乱时，玄宗觉察到太子李亨夺位的野心，一直不肯将传国玉玺传给他，托高力士带出宫藏起来了。李亨没有办法，伪制了一枚传国玉玺。"

孟弧说："也就是说，从李亨开始，传到唐末的传国玉玺，不是秦始皇的那一枚。真的玉玺有可能还在西安？"

许构说："围绕传国玉玺有各种传闻。这东西太珍贵，无价之宝。尤其是军阀混战的年头，谁找到传国玉玺，胜过雄兵百万。所以磁带里说，刘镇华一直想找传国玉玺，从河南找到陕西。"

大家不语，沉浸在昨天磁带所讲的故事里。原来内山完造留在冈山老宅的，不仅有鲁迅遗稿《杨贵妃》，还有一封信，里面详细记录鲁迅临终前去内山书店的谈话。一九二四年春，传国玉玺在西安出现，当地的进步青年把传国玉玺藏到一个极秘密的所在，避免落在军阀手里。刘镇华的党羽获悉相关传言，不断派探子在民间搜集，形势岌岌可危。这群青年秘密联系上陕西旅京学生联合会，找到王捷三等人，想将传国玉玺托付给信赖的鲁迅先生。王捷三等人借着西北大学暑期学校这个机会，说动了老乡、时任西北大学校长的傅铜，将鲁迅先生添加到讲学嘉宾名单中。由此，一场关系中华民族命运的国宝大转移，借着鲁迅先生来西安讲学、搜集《杨贵妃》写作资料的名义，不动声色地拉开大幕。

内山完造在信里讲，鲁迅先生本来有机会带走传国玉玺，但在离开西安的当晚，发生了一个意外。后来刘镇华兵围西安，"二虎守长安"，知情人死在这次围城劫难中；鲁迅先生本人一直受特务监视，找不到安全的机会回西安取回传国玉玺。在当时列强环伺、军阀林立的环境下，传国玉玺不现身，反而是最好的结局。他于是将传国玉玺的下落，写进《杨贵妃》这部小说。《杨贵妃》并没有全部完成，只是完成了一些零散的部分。鲁迅先生将小说手稿交给内山完造，托他在河清海晏之后，将手稿交回中国，找到合适的文学评论家，破解手稿里的机密，找回传国玉玺。内山完造作为鲁迅先生挚友，作为热爱中国的日本友人，在战后一直想找合适的机会，完成鲁迅先生的心愿。一九五九年他终于回到北京，但当晚猝然去世。一九五九年的北京之行，内山完造为防不测，将鲁迅遗稿一分为二，留在日本老家一部分，带到北京一部分。内山完造突然去世后，带到北京的遗稿也消失不见。内山完造女儿发现的，只有留在日本的鲁迅遗稿，以及内山完造留给女儿的这封信。

吴远行说："鲁迅先生一生都很谨慎啊，没有直接将传国玉玺的所在，告诉内山完造。"

许构说："目前我们怎么办呢？对方说我们通过了测验，这几天会将日本部分的遗稿送过来。"

孟弧说："没有想到要待在西安这么久，老实说，我这一段有个急事。"

吴远行心照不宣地看一眼孟弧，笑了笑："谁不是呢？"

许构看着他们俩，表情复杂，欲言又止。

孟弧敲着手表说："两位老兄，八月十五日那一天，我得在北京。"

吴远行盯着孟弧："我还给自己订了一张返程票呢，也是八月十四日回北京。"

许构直性子，嚷嚷起来："你们俩是不是入围了今年的'盛唐学者'答辩，还有我，给你们俩当分母。"

"盛唐学者"，目前国内四十岁以下青年学者的最高人才头衔。"盛唐"二字，一是向大唐盛世遥遥致意；二是有赖盛唐财团的慷慨资助，每年最终的获奖者有一百万奖金，学校也有相应的配套奖励。在今年五月华东师大的会议上，学会前辈暗示过孟弧，他入围终审答辩的可能性极大。孟弧自己判断，五月份大会主题发言的四位青年学者，他自己和吴远行、许构、王平，是今年可能性最大的候选人。其中王平略小两三岁，明后年还有机会；自己和吴远行、许构都是压线的年龄，按照惯例三个人中会有一个。许构的研究比较扎实，但人头不熟，终究吃一点地域的亏。这样来说，八月北京的终审答辩，自己和吴远行二择其一。去年、前年都是北京学者获奖，考虑到平衡，今年花落上海的可能性蛮大。这顶帽子，孟弧已经筹划许久，是志在必得的。

吴远行也是同样的心思，但彼此是竞争对手，不好说破。许构嚷了这嗓子，大家倒有些尴尬。孟弧素来矜持，感到耳根发热。许构说："咱们不说虚的，不说传统文化的伟大意义。就说奖金。你们俩不一定谁得，也可能都不中。就算拿到了，就是一百万。但是假设咱们帮人家找到玉玺，你们想想这是多少钱？"

孟弧和吴远行默然不语。昨夜磁带里的男人，介绍自己是日本三井财团的董事，内山完造女儿的丈夫。妻子告诉他这件事后，他知道此事关系极大，不仅涉及中华文明的瑰宝，也牵涉中日两国的友好。他愿意代表三井财团，请三位学者代为查找传国玉玺的下落。没找到的话依然支付每人一亿日元劳务费,找到则支付每人三亿作为酬谢。《杨贵妃》的手稿,也无偿转给三位学者,算作他们的发现。如果同意,请他们将大门口"厚德载福""和气致祥"这两块牌子彼此换个位置,左边挂在右边,右边挂在左边。他的人看到后会尽快奉上鲁迅遗稿,并且接他们到一个舒服的地方慢慢研读。

许构继续说:"老吴你现在是牛逼,蒸蒸日上,但一个项目就是三五年,你有几个五年?这项目的钱,你敢都留在自己卡上?北京的房子蹭蹭涨,你在咱这个圈做得再好,和后厂村互联网那帮人比比?和金融街那帮人比比?还有,孟弧老兄,你名气大,和媒体熟,经常上电视。但你写的那些东西再精彩,有几个读者?现在谁还看当代文学评论,当代文学都没啥人看了。你跟那帮畅销书作家比比?你不是和起点中文网的总编熟吗,你跟网络作家比比?"许构很果断:"这次是咱们千载难逢的机会,这辈子就这一次。就算最后啥也没找到,保底一个亿,人民币差不多五百万。下次你们再来秦岭,住我家的别墅!"

孟弧和吴远行被许构一席话说服,吴远行主动握住孟弧的手,"老兄,看来咱们这辈子,赚不到一百万,要赚这三个亿。"孟弧笑笑,说那就早点去门口换牌子吧,这地方呆够了,也等着一睹鲁迅手稿真容。几个人走到院子里,站在山楂树下,头顶万里无云,正午的阳光倾泻而下。多么好的天气啊,莫名地,孟弧忽而想到杨贵妃。十五岁的杨玉环在洛阳参加咸宜公主婚礼那一天,可能也是这样的天气吧。

就这么等了两天,没有后续消息。孟弧心焦,终日在房间里读自己带来的书,也读吴远行、许构他们带来的资料。三个人的书,组成一个临时的主题图书角。他们也常在一起讨论,想从目前的资料中找出鲁迅西安之行不寻常之处,但没有什么发现。许构吵着要过桥去村子里吃碗面,天天面包牛奶吃不消,再给家里打个电话报平安;但也是嫌路远,开车过来都要一个小时。吴远行准备了一个A3的草纸本,查证当年的史料,勾勒鲁迅的路线图,看看能不能找到什么规律。

这天下午,几个人到三楼的露台上呆坐着,望着阳光极缓慢地在对面的山梁上移动,聊着想象中的三亿日元。许构慨叹小日本怪有钱的,出手大方。吴远行冷笑一声,说人家占个大便宜。明成化斗彩鸡缸杯就是个皇帝用过的普通酒杯,拍出两个多亿人民币;传国玉玺至少上百亿,换成日元要两千多亿。日本人找到后，大模大样地归还中国，这背后潜在的收益不得了。孟弧没有接话，对面山梁上的光影，就像一束光在暗绿色的毡子上移动。长天流云，时聚时散，阳光随之隐没。

吴远行打趣，说天天这样闷煞了，让许构来一段秦腔。都是很熟的朋友，许构也没啥不好意思，伸长脖子就吼了一段："一个儿，两个儿，三个四个五个六个，三六一十八位尊罗汉……"他一脸坏笑地对着吴远行、孟弧"一个儿、两个儿"地数起来，吴远行还没有反击，孟弧却心念一动，突然想到什么异样，一时还无法理清头绪。他很严肃地问许构："这唱的是什么？"

"《双锦衣·数罗汉》，你没听过吧，你们上海人是听歌剧的。"

"《双锦衣》……"孟弧默念几句，对吴远行说："远行兄，辛苦你去把楼下的书带上来。"

"怎么？"

"鲁迅的西安行，有一个地方很奇怪。"

所有资料搬到露台，摊在孟弧面前，吴远行和许构围坐在两边。孟弧指着远方的山梁说:"你们看那束光,一会儿亮起来,一会儿暗下去,但就是不走。"

"是啊,这有什么奇怪?"

"我在想,鲁迅在西安的二十天,有个地方,为什么鲁迅先生离开又去,离开再去,反复去了几次?"

"什么地方?"

"易俗社!"

"易俗社?"

"对,鲁迅是一九二四年七月七日从北京出发,十四日到的西安,八月四日离开西安。在这二十天里,鲁迅去了五次易俗社,分别是十六日、十七日、十八日、二十六日和八月三日。还有,就是王捷三陪同他去的易俗社。"

孟弧翻开他带来的一九二四年《鲁迅著译编年全集》,把鲁迅日记中的记录指给他们看:

(七月)十六日

晚易俗社邀观剧,演《双锦衣》前本。

十七日

夜观《双锦衣》后本。

十八日

夜往易俗社观演《大孝传》全本。月甚朗。

二十六日

晚王捷三邀赴易俗社观演《人月圆》。

八月三日

晚刘省长在易俗社设宴演剧践行。

吴远行看着自己的笔记说:"除了在西北大学暑期学校讲课外,易俗社是鲁迅去过最多的地方。鲁迅很信任易俗社,他临行前,把这次讲学的部分薪资,捐给了易俗社。"

许构接话道:"这易俗社是当年进步青年的聚点,'易俗'的意思,就是依靠文艺的力量移风易俗,'编演新戏曲,改造旧社会'。"

孟弧说:"鲁迅去西安之前,和易俗社就有过交往。鲁迅当时是教育部佥事,这个职务比司长低,比科长高。他主管的教育部通俗教育研究会,曾经给易俗社颁发过奖状。"孟弧指着面前的资料说:"我昨天读孙伏园的回忆,易俗社当时的主事人吕南仲,还是鲁迅绍兴老乡。"

吴远行明白孟弧的意思:"你是说,传国玉玺很可能被藏在易俗社？"

孟弧点了点头："这样一些细节就对得上。为什么邀请鲁迅先生十六到十八日连续三晚去易俗社？这应该是王捷三他们和易俗社沟通好的，借着观演，易俗社的主事人，可能就是吕南仲本人，和鲁迅先生恳谈此事。在第三晚，也就是十八日晚上，显然双方谈妥了。鲁迅专门补了一句'月甚朗'。二十六日晚，双方可能在具体讨论怎么带走传国玉玺，注意当晚鲁迅和王捷三都去了易俗社。"孟弧指着鲁迅八月三日的日记说："遗憾的是八月三日这一晚。这是鲁迅临行前的最后一晚，没有意外的话，他要在当晚带走传国玉玺。然而好巧不巧，刘镇华也到了易俗社，陪鲁迅吃饭践行。"

吴远行说："那不知道刘镇华是听到风声，还是巧合。但无论怎样，刘镇华在，鲁迅没有机会带走传国玉玺。"

孟弧说："我也是这么想。这应该就是内山完造留给女儿的信里，提到的鲁迅告诉他的那次意外。"

许构说："这么说传国玉玺当时在易俗社，可惜不知道具体在哪儿。"

孟弧沉吟道："我们还没有看过内山完造女儿手里的全部鲁迅遗稿。但是，仅凭目前我们看到的三段，我有个推断。"

吴远行和许构期待地看着孟弧，等着他继续讲下去。

孟弧把记事本打开，回看第一盘磁带里提供的三段文本："这三段中，最容易理解的是第二段。这一段是玄宗与李亨的对话，那个时候李亨已经当了皇帝。李亨要的东西，现在看，显然就是传国玉玺。"

孟弧接着说："由此回到第一段，这一段写高力士出宫。高力士出宫很诡异，他这样的身份，竟然一个人出门。他去的地方是永兴坊。我一直在想，长安108坊，鲁迅为什么安排他去永兴坊。当然，高力士步行，没有乘车马，永兴坊紧邻皇城，走路近。但鲁迅写得很细，他写高力士进了永兴坊之后，一直向西走，去的是荷恩寺。"

许构插话说："现在永兴坊西边没有这座寺。"

孟弧转过头，双目炯炯地看着许构，"现在是什么地方？"

许构想了想，"今天的西安，是在明长安的基础上发展起来的，明长安和唐长安的变化很大。像你们熟悉的钟楼，是朱元璋当皇帝的时候建的。永兴坊最西边，应该在钟楼的东边，那个地方……"许构犹疑着说，"那个地方，应该就是易俗社那一带。"

吴远行惊愕地说："也就是说，鲁迅先生以高力士的路线，暗指易俗社的方位。高力士出宫，是要把传国玉玺藏起来。"

孟弧有些激动："我还没有说完。注意这一段最后一句，高力士到荷恩寺门前，他觉得口渴了。"孟弧看着他们两人，"这么重大的事情，为什么鲁迅要在这里插入一处闲笔，为什么要写高力士口渴了？"

吴远行和许构一时茫然，但他们知道孟弧心中已经有了答案。

孟弧越说越兴奋："答案在第三段。注意这个死者穿着黄裙。我一直不懂鲁迅为什么要重点交代黄裙，直到昨天读许构老兄带来的资料，我这才明白：杨贵妃喜欢穿黄裙。《新唐书》记载，'杨贵妃常以假鬓为首饰，而好服黄裙'。"孟弧加重语气说："我敢断定，鲁迅写的这个死者，这个女人，就是他这部长篇小说的主角：杨贵妃！"

许构问："那杨贵妃和传国玉玺又有什么关系呢？"

孟弧说："大家注意，这篇《杨贵妃》，鲁迅已经不是当小说来写，而是当谜面来写，为了给后人留下传国玉玺的线索。杨贵妃是玄宗心中的无上珍宝，作为换喻，对应着小说作者心中的宝贝。"

吴远行说："你是说，第三段中，对读者说话的'我'，可以被理解为传国玉玺？"

孟弧平复着心情，尽可能沉着地说："几天前，'听到几滴水声'，我想到马桶的水箱。但当时我不能解释的是下一句，'黑沉沉的一无所有，只有映出的月亮灰白的影。上下四周，无不冰冷'。你们说，这是什么地方？"

吴远行恍然大悟："井！在井里！"

孟弧说："不错！易俗社的同仁，当时处境很危险，刘镇华的人随时可能搜查剧社。他们又不放心把传国玉玺寄放在外面。所以他们用了传统的方法：把玉玺藏在井里。我猜想是在井壁凿出一个洞，把玉玺藏在里面了。"

许构也很激动："东汉末年的时候，传国玉玺就是被藏在洛阳的井里，后来被孙坚找到的。"

孟弧转头对许构说："现在想来，你前两天提到《酉阳杂俎》时，我们就该想到。鲁迅先生对《酉阳杂俎》很熟悉，他在西安期间的讲稿《中国小说的历史的变迁》，专门提到段成式的这本书。甚至于，可能鲁迅先生就是受这个灵异故事启发，建议易俗社的朋友们把传国玉玺藏到井里的。"

吴远行转头问许构："易俗社的井还在么？"

许构说："我也不知道，现在那一片是历史文化街区。哪怕被填了，就请这个三井财团把周围房子买下来！"许构说得眉飞色舞，忍不住振臂狂笑，似乎感觉自己站在拆迁现场，黄尘滚滚中，挖掘机已经就位。

吴远行抱住孟弧肩膀："老兄，今年很遗憾，否则你这'盛唐学者'实至名归。"孟弧笑笑没说话。吴远行招呼许构，踏过一地资料，旋风般地下楼，准备翻翻行李箱，找点喝的庆祝一下。

孟弧释然地一个人在露台坐着，平复内心的澎湃。他凝望着对面的山梁，说话的功夫，阳光渐渐暗下去。在密林深处的光晕中，这一刻，似乎鲁迅先生隔着百年的烟尘，从一九二四年的夏天，沉默地转头望向他。迎着鲁迅的目光，孟弧突然有点惭愧，不自觉地低下头。他的父母都是上海当地高中的语文老师，鲁迅先生的崇拜者，"孟弧"这个名字，就是鲁迅先生的笔名之一。他按照父母的愿望一路读到博士，当上了名校的文学教授，但是他读鲁迅的作品，往往感到隔膜。鲁迅的世界太沉重，总是会榨出他"皮袍下的小"。今天的他，把自己的聪明都用在这三亿日元上，他们三个人一直在小心翼翼地回避一个问题：为什么不直接找到国宝交给国家？证书和锦旗的光荣，在他们这几个名教授心中，已然很虚无了。世上的一切，无论如何冠冕堂皇，都是聪明人的游戏。他想，鲁迅先生的目光，望向的是当年的西安吧。在黄河的激流上，乘船离开的鲁迅先生，对于西安城内的朋友们，内心更多的是惜别和牵挂。易俗社的青年们，还在军阀的监视下，向守卫着心中的信念一样守卫着国宝，精神抖擞地唱好舞台上的大戏。那是一种怎样的信念，支撑着秦音永存，支撑着他们相信文化的力量，可以改变贪婪而残暴的世界？孟弧不忍细想，他感到一种崇高的悲哀，在黄昏中一点点弥散开来，但是自己并没有半滴眼泪。"快结束了"，他安慰自己说。

尾声：一出喜剧

然而始终没有人来，一天、两天……直到八月十五日这一天。红太阳飞速地升起，黄太阳飞速地下坠，孟弧心里焦灼，等得要发疯了。

真到了预定的"盛唐学者"答辩日，说是不遗憾，还是放不下。他仿佛看到，王平正在北京某家高档酒店的会议室里低调而沉静地侃侃而谈，对面是五位德高望重的评委，会议室外是过于安静的长椅——其他的候选人都联系不上。他以为自己不在乎，这辈子彻底无缘了，内心还是涌动起强烈的不甘。他想起今年春天在华东师大开会时，王平彬彬有礼地迎来送往，一脸温和而饱含深意的笑容。吴远行与许构相对沉得住气，但也不想前两天那么亢奋，终日坐在院子里发呆，望着院门外寂寞的长路。

这一天是中元节，月光从银盆中流下来，漫过这一片沉寂的山杨林。孟弧想静一静，他躺在二楼的床上，闭上眼睛，复盘这一周的每个细节。无数符号纷至沓来，彼此撞击，在脑海中展开无数交叉的小径。会不会有另一种可能？他越想越心惊，急匆匆地冲下楼大喊："吴远行！许构！"

许构正在院子里烧纸，吴远行在一旁远远看着。许构在院子里辟出一块空地，把自己带的几本书，拿着打火机依次点了，祭奠过世的父母。带着火苗的胶版纸旋起，像翅膀着火的黑蝴蝶。许构围着火圈走，嘴里也在念叨着什么。

孟弧快步走到两人身后，心悸懊恼，声音发虚："我感觉不太对。"

许构停下来，吴远行也靠过来。

孟弧说:"我们一共收到四段《杨贵妃》的段落,短信中的一段,第一盘磁带录音中的三段。我一直觉得这几段话,像是在哪里看到过。比如磁带中的第三段,死者的自白,有的句子应该来自《野草》中的《死后》,可能还有《死火》。我吃不准有没有来自《故事新编》。"

几个人带来的都是研究资料,偏偏没有完整的鲁迅作品集,鲁迅全集也不易携带。吴远行说:"我这几年主要做数据库,读鲁迅作品读得少。不过你说的《死后》和《死火》,都是发表在一九二五年的《语丝》。算起时间,恰好是鲁迅一九二四年结束西安之行回到北京后写的。鲁迅那时候既然决意不发表《杨贵妃》,把一些段落拆成独立的作品发表,也说得通。这倒也解释了《野草》中一些作品的起源。"

孟弧说:"远行兄你想的还是学问和资料,你跳出来想,万一这些不是鲁迅本人写的呢?"

许构有点懵:"啥意思?这几段是很明显的鲁迅体。"

孟弧说:"确实是鲁迅文风。我的意思是说,如果是文坛高手借鉴鲁迅一些原文,搅拌在一起伪造的呢?"

吴远行惊讶地说:"你是说像集句一样,把不同作品中的文字重新组合在一起,加上自己伪造的一些话来起承转合。

那对方的文学造诣极深，这样的人没几个啊。他伪造这个东西图什么呢？"

孟弧苦笑一声："今天是八月十五，你们两位老兄觉得图什么呢？"

听到孟弧这句话，吴远行和许构仿佛如梦初醒："为了……'盛唐学者'的答辩？"

孟弧说："四分之一的机会，现在变成百分之百了。"

许构说："这说不通啊，那干吗选在这个鬼地方？"

孟弧说："这恰恰说得通。对方选在任何一家酒店，或者任何一个正常的地方，都有无数的摄像头，都会留下各种各样的痕迹。唯独这里，这片全国都知道马上要拆迁的无人敢来的废园，这里没有电，没有手机信号，没有任何邻居。对方需要做的，就是带着两盘录好的磁带，找到一间废弃的别墅，摆几张床，回去后用网络软件给我们发几条短信，同时再雇一辆出租车接我们。"孟弧顿了顿，"这也解释了为什么要用磁带这种老古董，对方可以用一个变音的话筒对着念，磁带里没有任何数字痕迹。"

吴远行和许构面面相觑："你是在怀疑……华东师大的王平？"

孟弧缓缓地说:"大家都是朋友,我本来不该这么想。但是王平今年五月在华东师大办的会,好用心啊。"

吴远行和许构一时说不出话,鲁迅遗稿,传世国宝,这历史深处浩浩荡荡的一切,最终竟然落在这么琐细的心思上。他们感到一阵气闷,甚至于恶心。

许构近乎吼起来:"你想多了!你这几天等得太着急,有些烦躁了。"

孟弧长叹一声,也不言语。

吴远行说:"这样,大家都冷静一下想想。这件事从头到尾是很奇怪,此刻无论是易俗社的井里真有一枚传国玉玺,还是王平在回上海的高铁上弹冠相庆,都有可能。甚至于传国玉玺可能在其他地方,甚至鲁迅在一九二四年见到的那一枚也是假的,毕竟我们没有见到完整的鲁迅遗稿,而且内山完造后人的遗稿也不全……"

孟弧微微摇着头,看着火堆中的灰烬喃喃说:"鲁迅遗稿,鲁迅遗稿……"

吴远行继续说:"或者就是一场骗局,像孟弧分析的,把我们三个诳在这里。这也解释得通,为什么这么多天一直没人来接应我们。但是……"吴远行加重语气说:"但是,这么恢宏的构想，这么逼真的描述，仅仅是为了芝麻绿豆一点的个人利益。这可能么，毕竟，毕竟是大学啊！"吴远行试图在强调，但不知为什么，说得结结巴巴。

许构在草地上用力地跺跺脚，跺掉凉鞋上的纸灰。他说："这样，我们等到明天，就不等了！明天中午，我带你们去外面的村子。找村民雇个车，咱们回西安，你们先去我家。"

吴远行拍拍许构说："对，再等下去也不是办法。我们回西安后，先去一趟易俗社……"

许构说："我认识易俗社一个副总经理，咱们先进去看看……"

孟弧慢慢走远，借着繁霜般的月色，走出这栋别墅，仰面是深蓝色的夜空。秦岭深夜，秋意渐浓，废墟的瓦砾下，起伏着蟋蟀的叫声。他也不知道去哪里，就想在暗夜中走走，也许就这么走出这片别墅区，走回西安，走回上海。之后呢，洗个澡，吃一碗黄鱼面，坐在书房的电脑前，继续着没有完成的项目，改一改论文，抓紧投出去。这次往返的机票，开学后找财务报掉，没有住宿发票有点麻烦，还要找个理由……鲁迅、易俗社、传国玉玺，这一切就消失在一九二四年，像消失在书里的一行字,而已。

　　这是二〇一九年最后的夏夜,随着这个夏天结束的,是未来多年的光阴。孟弧感到一下子好多年过去了,好多年周而复始的无聊,以及无聊的泡沫上,伪饰出来的意义。一切像一个精致的游戏,而游戏的内部,就像眼前所见,是深夜里一片空空荡荡的废墟。

　　就这么走着,走得足够远了,小区出口就在前方的暗影里,耳边也传来门外淙淙的水声。就在这时,孟弧隐隐听到身后一阵惊呼,似乎吴远行在用力地喊他的名字。

　　他回过头,感觉有一道刺眼的白光。

02

松江异闻录

一　赤鱬

明万历二十五年（1597），松江府，暮春。

吴淞之水出焉，委蛇曲折，蜿蜒流注，淤于一片滩涂。临江远望，荒草连天，看不到半点人迹。午时下过一场雨，天色也和岸边的淤泥一般，雾蒙蒙的，笼罩着灰云。

邱致理觉得周身的飞鱼服很沉，云缎云绢，吸足湿气。过肩的鱼尾纹饰，仿佛真的是一条鱼，从吴淞江里钻出来，鳞片还湿淋淋地沾着水。他来过江南多次，但还是不适应这里的天气。他习惯京城的春天，干燥的风吹到脸上，阳光中舞动着细细的黄尘。一切清清楚楚，像朝廷的秩序。刚刚过三十岁的他，觉得世界就是如此运转，圣上在朝堂上发布命令，作为朝廷的利刃，锦衣卫带着令牌巡查缉捕，散到四面八方。这个世界就像他刀削般的宽脸和笔挺的腰板，硬朗而有力量。而他本人，作为锦衣卫最年轻的副千户，是指挥使最为器重之人，是利刃中的利刃，闪烁着冷酷的光芒。

他本来应该在都指挥的密室里，领受一封密函，在暗夜中策马疾行，扮成歹徒去截杀发配岭南的官员；或者应该隐在镇抚司的暗影里，在沙盘上周密地推演，为即将进行的肃贪规划最好的进攻路线。但现在的他，只是站在淤泥里，默默地看着松江府的几个捕快，从江岸边拖着一具尸体上来。

这次是一个老人，也是当地的"值海人"。此地不远处是东海，倭人出没之地，焚民居，掠货财，堪为大患。几年前壬辰倭乱，这一带更是加强了警备。卫所之兵不足，往往雇一些世居在江边的渔民，夜晚在府城外巡逻，看到异象就鸣锣告警，当地谓之值海人。

老人的脸已经泡得浮白，肉身肿胀，缠着水草，眼睛惊恐地睁着，仿佛在一瞬间见到不可思议之物。铜锣的麻绳就缠在手上，但当晚没有人听到锣声，看来袭击是瞬间发生，一击必中。但诡异的是，和前面几个一样，尸身上没有凶器的伤口，死于落水后的窒息；也和前面几个一样，右脚踝一道深深的咬痕，又粗又深，翻开了脚踝处的皮肉。

在第三个死者的讯息传到京城后，邱致理被都指挥派到松江府。他本来已经领了远赴朝鲜襄助李氏王朝的密令，有的同僚已经动身出发。但松江府此事离奇，邱致理就被改派来此。到达当晚，仿佛是要给他一个下马威，府城外的吴淞江畔，就发生了第四次袭击。而他面前捞起来的这个老者，是第五个死者。眼下松江城里人心惶惶，无人敢在夜里踏出府城一步。

邱致理盯着眼前的尸体，不漏过任何一处细节，尤其是死死盯着老人脚踝处的伤口。这道伤口很奇怪，像被野兽的牙齿所创，也可能是特殊的铁器。他想起几年前在终南山剿灭当地贼寇，对方惯用农具改造的一种铁叉。但铁叉之类凶器，极难在瞬间造成这么深的伤害，凶手如何埋伏，怎样发力，为什么选择袭击脚踝，而不是一击毙命……思忖间，只听到背后有人喃喃地说："这是'赤鱬'，是'赤鱬'……"

邱致理回头瞟了一眼松江府的总捕头孙良，他三十多岁，长着一个圆头，双眼很大，目光尽是颓然，一头海波般的乱发，矮壮的身材竟似微微颤抖。邱致理注视着孙良的脸，缓缓问道："孙捕头，什么是赤鱬？"

"回大人，吴淞江故老相传，江里有一种人面鱼身的怪物，厉齿如钉耙，专门拖人下水……"

"孙捕头是当地人？"

"小人生在华亭县。"

"若是怪鱼吃人，尸身却是完整的。"

孙良摇摇头："未必是饿了出来吃人，这是……这是江里的勾魂鬼！"

邱致理不再说话，他眯着眼睛望向不远处的府城。白日西幽，江水浮起一丝寒气。他沉默片刻，对孙良说："孙捕头，招呼你的人，我们回府城吧。"

松江府城，临近东海，防倭重镇。壬辰倭乱后，松江府为防倭人侵袭，加高了城墙。现高一丈八，有敌台二十座、窝铺二十六座、雉堞三千余，四个陆门与四个水门皆严加防范。邱致理与孙良一行人由披云门这东门入城，过明星桥，沿着郡治大街策马徐行，经文昌阁、城隍庙、试院，来到米仓对面的松江府署。米仓系军粮重地，这一段也是加强守备，不容有失。邱致理骑着马，望着黑夜里连绵的米仓，想着假如没有这诡异之事，这批粮草和他自己，都会陆续沿着大运河奔赴京城，之后由京城出关，一路直奔朝鲜。

一路行人寥寥，郡治大街两边建置罗列，门户紧锁，隐隐有风铃声从远处的兴圣教寺塔传来。暮色沉重，府署门前亮起大红灯笼，松江知府聂允儒已然在等候。知府几个随从外，灯笼暗影里还站有四人，肃然静立，周身锦衣卫青色的锦绣服。

邱致理翻身下马，向知府行礼后，就匆匆奔向这四个锦衣卫小旗。四人见到邱千户，躬身施礼，为首一人从怀里取出一个刺着鱼身鸟翅异兽图案的锦囊，低声道："大人，都指挥密函在此。"邱致理也不搭话，立刻打开锦囊，取出火漆密函，就借着头顶灯笼细缕红光看起来，双眼如寒星骤亮，冷峻的面容似在抽动。锦衣卫则散在他周围，把他守在中央。孙良捕头远远地陪着知府说话，两人深知锦衣卫行事诡谲，不喜他人打扰。聂允儒年逾花甲，任期将满，只盼安安稳稳地致仕归家，在老家徽州府下的歙县已经置办下好大的庭院；加之生性宽和，处事老沉，也不以为忤。孙良不紧不慢地向知府禀告今天验尸经过。这尸身和前四具一致，也没有什么新的发现。

邱致理读完密函后，低声和周遭锦衣卫吩咐几句，转向知府道："聂大人，可否借一步说话？"聂允儒准备将一行人让进廨舍，邱致理望向府门上的谯楼，提请事出紧急，就在谯楼议事，同时也招呼孙捕头同去。松江府谯楼巍崇隆固，系云间名楼，相传为三国时东吴大将陆逊点将台。下筑台基，上有楹房五间，书有"松江府"三个大字的竖匾，就立在谯楼之上，更鼓之畔。一行人步行登楼，却见楹房前早有锦衣卫数人布警，在这江南的暗夜里，和"松江府"竖匾两侧的冕服木人站在一起，默然无声，却让人心生寒栗。

一行人分宾主落座，邱致理不待奉茶，直直地对着知府说："近日的疑案，大致有眉目了。"此语一出，满座皆惊。邱致理展出密函道："知府大人，孙捕头，也无需相瞒，我本是受命去朝鲜，相助麻贵总兵抗倭。都指挥派我来此办案，也和平定倭寇相关。我们在京城时，就接到来自东瀛的密报，贼魁丰臣秀吉在朝鲜战事吃紧，欲在江南一带登陆，袭我后方。"

孙良接话道："贼人安敢？松江府一带在知府大人布置下固若金汤。"

邱致理转向孙良，缓缓道："丰臣秀吉是朝廷大患。此人心思细密，运筹极深，万万不可低估。他早欲染指江南，筹备有'梼杌营',经营多年。"

"梼杌营？"

"一些少年时就经受训练的细作,长期潜伏在各地。壬辰倭乱时就有梼杌营作乱。"邱致理又指向密函道:"都指挥已经确证,丰臣秀吉欲在今秋有大动作,而他们的第一步,就是烧毁松江府的米仓,断掉我军粮草。梼杌营的贼人,已然到了松江府。"

聂允儒是太平官,闻言颤声道:"这如何是好？"

邱致理不答,却瞥一眼孙良:"孙捕头,假设你是梼杌营,你觉得第一步怎么做？"

孙良迟疑片刻,道:"第一步应该是拔除城外的巡哨。"

"仅仅拔除还不够,梼杌营很会装神弄鬼,仿佛妖精作怪。一方面掩饰贼迹,一方面更是乱我民心。"邱致理说到这里,笑了一笑:"世间之理,格致可知,哪里有这些妖祟之物？"

孙良道:"那近日这些值海人,大人以为是怎么死的？"

"不过是相熟之人,突然间拉其入水溺亡,然后在脚踝上做出伤口,假托给妖怪作祟。"说到这里,邱致理紧紧盯着孙良道:"孙捕头,你今日在江边告之我,这些人是赤鱬拉进江里的？"

"也是小人胡思乱想……"

"赤鱬又名火鱼,相传不仅吃人,还能喷火。城中诸河和护城河相连,府衙外米仓前的仓河水,经护城河一直连到吴淞江。这等异兽现世,孙捕头,你说赤鱬是不是还想来一个'火鱼烧仓'?"

孙良慌慌张张站起来:"大人此言何意?"

邱致理朗声大笑:"这几年我和梼杌营在关外、在琉球、在双屿、在兴化、在仙居都有交手。梼杌营诡计百出,但却有个致命伤。他们渡海来潜伏,总不能将一家子人带过来。所以梼杌营的细作,总不免自称孤儿。"邱致理指着孙良说:"孙捕头,我到松江府就调查此事,府衙上下,偏偏只有你无父无母!"

邱致理一言既出,满座大惊。聂允儒的侍卫立刻贴在知府大人周围;四个锦衣卫的小旗,两人守在门口,两人悄然站在孙良左右,各自将手按在刀柄上。

孙良倒也不乱,不理邱致理,转向聂允儒道:"小人在松江府多年,父母早逝,难道还是罪过不成?"

邱致理道:"孙捕头,想确证此事也不难。倭人年幼时习惯穿木屐,这大脚趾和我们不同,何妨现在脱下官靴,给我们看看？"

孙良点头道："这有何难？"缓缓低下身，将左手伸进靴子里，却猛然间取出一枚暗器掷出，嗡嗡旋转，射向知府。邱致理识得这是忍者的暗器手里剑，绣春刀立刻出手，长虹贯日，击落暗器。孙良掷出后迅捷如风，右腿一蹬，身体弹向花窗，撞开窗棂而走。外面的锦衣卫早有准备，齐声呵斥，拔刀相拦。不承想孙良以一双手，穿花引蝶一般将刀刃弹开，转身射出数枚手里剑，飘然如流星，将谯楼上的锦衣卫一一射倒。邱致理绣春刀在手，也从花窗弹出，直劈孙良背影。孙良也早有准备，直接从谯楼上跳了下去，足尖疾点，几个起落，就奔向谯楼对面的米仓。邱致理知道这是遇上了梼杌营一等一的好手，实在比以往交手的倭寇高明，也是不敢怠慢，跟着孙良跃下谯楼。谯楼上的侍卫敲鼓示警，米仓那边的卫所营寨，瞬间锣声大作。

孙良却不是奔向米仓，从谯楼落在郡治大街上，毫不迟疑，直奔与郡治大街平行的仓河，这条路线在他心中已反复计划了无数遍。邱致理身手极快，紧追不舍，但他一颗心却在沉下去。他知道梼杌营是倭寇精锐，擅长水性，孙良跳进仓河将极难擒拿。松江府水系四通八达，一路行迹也就此湮灭。孙良也晓得此理，临到仓河，转身将所有的手中剑一齐射向邱致理，只求拖延片刻。邱致理无奈，只得临渊不动，挥舞绣春刀一一拨开暗器。定睛再看，孙良却已经在仓河边，一只脚都踏进水里。孙良转身笑道："邱大人好高明，一切瞒不过你，你我朝鲜王京再会。"邱致理默然不语，手腕运力，准备将绣春刀掷出，做最后的一击。

正待此时，仓河突然泛起层层涟漪，河面急剧地漩起，如有大鱼潜行。孙良脚踝蓦地被什么咬住了，一股大力从水面下传来，刺痛传到骨髓。孙良一声惊呼，身子被急剧拉进河中，河面瞬间裂开，仿佛有一个暗红色的血盆大口，把孙良整个人吞了进去。这一切发生在一念之间，仓河随即风平浪静，只留下邱致理一人，冷汗通身，骇然地站在河边。

二　榰机

二〇二二年，上海松江区，仲春。

雨水从榰机书局屋檐滴下来，敲打檐下芭蕉。白墙黑瓦，四水归堂，邱致理拉过椅子，端一杯清茶，坐在屋檐下听雨，浑如古代致仕归家的老人。

这座徽派宅子，从歙县原封不动地搬到上海。桲机书局这个文创项目，最亮眼的地方，就是独享整座老宅。作为松江区"文化之根"的一部分，桲机书局坐落在一片仿古景区里，据说曾是松江府署旧址所在。书局前那条池塘般的小河，曾经是仓城前的仓河，一直流到景区里的松江府博物馆前。上海历史不长，但也可从宋元说起；开埠之前，也有过松江府的辉煌。这个文创景区，试图复原旧地，慰藉都市人思古的幽情。平日里人流如织，游客们逛过博物馆，总要来桲机书局坐坐，拍拍照片，喝喝咖啡。

书局面阔三间，中为厅堂，两侧为室。厅堂布置成常见的书店样子，四周摆着一些新书，还设有松江历史专架。左室为咖啡馆，散卖些文创；右室为古籍室，挂着一张几百年前松江知府的画像，锁着几本不知真假的明版书，聊充门面。古籍室也能摆下一张行军床，邱致理这一段就住在这里。

今年春天的这场疫情，对他反倒是一个长假。逻辑学专业毕业的他，偏偏选择来书局打一份零工，就是看重这里平安无事。邱致理父母早逝，自己有严重的社恐，一路专修冷门专业，求职也找偏僻之所。疫情严峻，景区关闭，邱致理主动留下来看店，毕竟他租的房子里连炊具都没有。老板留下几箱面包、方便面、八宝粥、火腿肠、午餐肉，许诺每天有专门的津贴，并指着售货机里的饮料说都是他的。他这一段的任务，就是优哉游哉地守着岑寂的书局，看着朋友圈里的大学同学们为咖啡呼天喊地。

但刚刚接到的这个电话，打破多日平静。疾控中心通知他核酸结果异常，但又劝不必紧张，十人一管，感染者未必是他。在相关人员上门复核前，居家隔离，不能和任何人接触。挂掉电话，微信群响个不停。这个微信群是前几天拉的，一个松江博物馆的保安，七八个附近几家餐饮的店员。显然大家都接到疾控中心的电话，梼杌书局对面日式烤鱼店的孙良，发一串语音，颠三倒四地说"芭比Q了"。孙良搞不懂十人一管的意思，破口大骂有人投毒。他说静默前一天，有个日本人鬼鬼祟祟来店里吃饭，一双手沾着口水摸来摸去。

微信群里其他几个人帮腔附和，邱致理觉得无聊，日式烤鱼店，有日本人来难道不正常吗？邱致理不知道为什么，一直不喜欢孙良，平日路上见到他就有些厌烦。在邱致理看来，孙良这家烤鱼店故弄玄虚，一小碗米饭，盖上一个生鸡蛋，一份猪肉粉丝汤，烤上两段味噌鲑鱼，就能卖出五六十的价格。甚至为了吃个鲜味的噱头，孙良会将活鱼穿串后直接上火烤，还美其名曰从日本学来的。他知道孙良根本没去过日本，他是重庆万州人，本来是做万州烤鱼的。

关掉手机，万籁无人，等待疾控人员上门的感觉，不安且难挨。他转身去店里找本书翻翻，在畅销书的架子上，拿起一本《克苏鲁的呼唤》。他想起读书的时候选过隔壁中文系的通识课，课上有一位黄平教授，眉飞色舞地介绍过克苏鲁小说。本来作者H.P.洛夫克拉夫特（Howard Phillips Lovecraft）名字拗口，黄老师讲课巧妙，说自己的名字缩写，和洛夫克拉夫特一样，将这个名字翻译为"黄平爱手艺"。邱致理看到作者名字，就想起课堂这一幕。他翻了翻，觉得小说乱七八糟，毫无逻辑。有什么恐惧是理性无法描述的？现在大家恐惧的新冠病毒，显微镜下也清清楚楚。

邱致理自我观察一天，从上午到下午，觉得也没什么异常，不发烧，嗓子不疼，嗅觉和味觉都在。其他人没有他这么淡定，景区微信群弥漫着焦虑。博物馆的保安大叔在感慨自己平常都不出门，总不能是这里的文物传给他的。孙良神经质地说今天店里的鱼不正常，他给店里的鲑鱼做了抗原，发现是两道杠。他还发一段短视频上来，视频里看不到孙良的脸,脏兮兮的厨房里一只手捏着鲑鱼嘴,一只手捏着棉签。这一段鲑鱼感染新冠的视频下面,7-11的店员发了一段印度神童的预言,说是五月全球疫情结束;蜜雪冰城的店员发了一条爆炸性消息,说是俄罗斯十分钟前在顿巴斯地区炸死了北约总司令;当然最后还是博物馆的保安大叔一锤定音,他从松江府的古文物仰望太空,提醒说火星的小行星今夜路过地球,会带来高频宇宙射线,大家今夜十二点之后千万不要出门,有异象发生。孙良或许对高频宇宙射线很有研究,给这条消息大大点了一个赞……看到这里,邱致理打开了群聊设置里的消息免打扰。

天色渐晚,江南薄暮,油菜花暗香浮动,一时不知是上海还是徽州。随着油菜花香也传来阵阵鱼腥味,在日式烤鱼店的后厨里,孙良正在做晚饭。邱致理抱上他的HP电脑,去咖啡室追追美剧。咖啡室网速快,沙发也舒服,像一朵云,能把整个人埋进去。邱致理素来比别人慢几拍,疫情前很多朋友看完了《权力的游戏》,他现在才看到异鬼穿越北境长城。他对异鬼印象深刻,觉得英文原文尤有味道:异鬼,The Others。

隔绝中的春夜,梣杌书局沉沉静谧,只有电脑排风扇轻微的嗡嗡声。不知道看了几集，邱致理抽一张纸巾揉揉眼睛，站起来动一动。他穿过中厅走回古籍室，开灯，射灯照亮面前的玻璃柜。柜子一米二左右高，平放五六本明版线装书。玻璃柜前摆着他的行军床，后面的墙上，挂着一幅画。画上是位面有愁容的小眼睛老人，瘦瘦小小地端坐着，一身大明红的官袍，梁冠革带，胸前绣着一只云雁。据说这就是当年松江知府，在离任前还大费周章地疏浚了松江全境河道，一直被后人感念。

闲得发慌的邱致理绕着玻璃柜走了几圈，倒看出了异样：玻璃柜一直是用仿古三色铜锁锁着的，那把金刚杵造型的钥匙在老板手里。但现在这铜锁却打开了，不仔细看倒难以发现。邱致理连忙检查玻璃柜里的书，一本不缺，只是最右侧的一本似乎被人动过。该书白口方字，是明万历三十二年徽州府的家刻本，书名《异闻录》，辑录者一处字迹漫漶。邱致理取出《异闻录》，坐在床上随手翻翻，里面辑录的大都是万历年间松江府各类怪奇传闻，大多是百鬼夜行之类。最末一章，辑录者讲起松江府万历年间疏浚河道的往事，辑录者似曾亲历，语多可怖，"凿断河脉，水赤如血，兽骇禽惊"，"修填如旧，未及，来年大疫"云云。

这类明版书读起来气闷，邱致理起身将书摆回原处，把书局的灯逐一关掉，准备关窗睡觉。就在此时，透过面前的花窗，他依稀看到有个人鬼鬼祟祟地，拉开烤鱼店的门走出来。

邱致理吃了一惊，窗外极暗，道路两排熄灭的路灯，像大鱼白鳞鳞的肋骨。他感觉那个人就是孙良吧，瘦小的身子，手里似乎提着东西，软软地垂下来。邱致理把身子隐在窗后，看这个人沿着景区的步道疾走，走过斜对面蜜雪冰城的门口，又走过蜜雪冰城隔壁7-11的门口……邱致理推开窗子，探出头去，只见这道身影渐渐消融在深夜里，步道的尽头是松江府博物馆。这么晚了，他去博物馆做什么呢？

突然一阵劲风从博物馆的方向吹来，带着浓烈的水腥味，书局前原本池塘般的小河，哗哗作响，奔流湍急。邱致理抬头看一眼夜空，黑云沉沉，如在深海。骤风愈大，仿佛混着河里的细沙，吹得邱致理睁不开眼睛。他连忙关窗，拉起窗帘，感觉满脸粗粝，嘴巴里或许吹进几粒沙子，水腥味混杂着血腥味。牙龈出血了？他快走几步到中厅的卫生间，洗一把脸，重刷一次牙。卫生间里灯光昏暗，他漱下口，抬头看一眼镜子里的自己，可能是异鬼的故事看多了，嘴唇苍白，一双猩红的眼睛。

第二天清早,邱致理被电话叫醒,疾控中心上门复核。两位工作人员都是松江当地医院的女护士,口罩、手套、护目镜、面罩,一身大白的防护服,态度温和而有一丝疲惫。核酸复查,单人单管,既做了咽拭子,又做了鼻拭子。景区里留守的这些人,都复核了一遍,独独不见孙良。两位护士去烤鱼店门口敲门,敲了半天没人应,一位护士拿起脖子下挂的手机打电话。其他几家的店员都聚在门口凑热闹,脾气暴的隔着门大声呵斥孙良,告诉他不要装死,一人不做核酸拖累大家,阳了也没什么可怕,方舱有吃有喝很热闹……

在一片河流般的嘈杂中,邱致理从人群中慢慢退出来。昨夜的疾雨让空气透亮,太阳已经从浦东的方向升起,照亮梼杌书局的青瓦、粉壁与马头墙,照亮每一寸砖雕、木雕与石雕,照亮松江这片仿古的景区,照亮静安寺的大日如来金塔,照亮陆家嘴金茂大厦的玻璃幕墙。此刻的阳光照亮整座上海,多么美好的四月,假设没有这场疫情的话,这座大都会还会一如既往地按照自身的逻辑运行,每个人急匆匆地涌出地铁与公交,涌进公司与学校,大家会继续谈论股票、房产与双减政策，谈论特斯拉、上影节与ChinaJoy。就在这明亮的阳光中，邱致理感到一阵眩晕，以及随眩晕而来的一种真实的恐怖。这种感觉很怪诞，不是真实生活中的恐怖，而是恐怖变得真实，像获得了肉身，像一个怪物。孙良仿佛正站在烤鱼店的后厨，惊慌而愤怒地挥动切鱼刀，死命地跺着面前的菜板。无声的震动，如心跳般的鼓声传来。一并传来的，还有一股浓烈的鱼腥味。邱致理恍惚地寻觅着鱼腥味的来处，他低下头，发现一条死鱼，被丢在梼杌书局下马石的后面。这条鱼的样子很古怪，和孙良经常烹饪的红鲑鱼不同，两侧的鳍极长，像长了一对翅膀。似乎洪水来临的时候，这条鱼能飞起来。

三　赢鱼

二四一五年，东海（原上海市上空），季节不详。

东经120度51分至122度12分，北纬30度40分至31度53分，一片灰茫茫的汪洋，无穷无尽，波澜不兴。

赢鱼号像一条银白色的狭长飞鱼，飞临到东海上空。鱼鳃位置的两翼张开，各安装着一个磁约束核聚变反应堆作为动力源，悬浮在海面上空。

邱致理与孙良从青藏高原赛什腾基地飞过来，三千公里距离，飞了不到十分钟。他们已经到达上海市旧址上空，自百年前海平面上升，上海已沉入汪洋之中。这场大洪水之后，留在地球上的人类，一步步退到中国青藏高原，以及玻利维亚、厄瓜多尔、墨西哥、亚美尼亚等几个高原上。万幸这场大洪水早被科学家预判到，计算机技术、航天技术、太阳能技术、人工合成多碳化合物等技术迅猛发展，克服大气层、重力、土壤等难题，在洪水来临前已经围绕地球构建了环形太空城，上海等城市的居民已提前撤离。

邱致理与孙良这代人，出生在大洪水时代之后。孙良出生在青藏高原，他的家乡在青海冷湖镇，围绕着冷湖镇的赛什腾山，现在有世界上最大的天文观测中心，也是地球与太空城最主要的联络站之一。邱致理直接出生在太空城，如果还是按照几百年前地球上的籍贯算起，他是上海人。他父母也是出生在太空城，但往上追几代人，家族的先祖之前住在上海松江区，在当地一个景区工作。

他们是太空城地球考古学院同班同学，还是同一个寝室，以东亚沿海城市考古方向为专业方向，专攻大洪水之后的水下考古。几个月前毕业后，又一同签约太空城联盟（Space City Union）的航天考古局（Aeronautics and Archaeology Administration，简称AAA）。也只有在大洪水之后的太空城时代，才会有几百年前的地球人难以想象的航天考古局这种机构。那些往昔的国际大都会，作为水底的废墟，等待着考古人员的到来。

这种考古工作，蕴含着未知的风险。大洪水之后的百余年，自然环境发生了巨大变化，海洋下孕育着新的生态。就在一个小时前，卫星图像显示，执行考古任务的赤鳙号，在抵达上海上空后，突然像一条红色的鲑鱼，重重地钻进大海中，一切信号随之中断。孙良立刻建议邱致理出发救援，AAA也紧急同意了飞行申请。赤鳙号上的驾驶员，金和科霍夫，也是邱致理和孙良的同学。

邱致理看到孙良很紧张，咬着嘴唇，不断地摩挲手指。他拍拍孙良的肩膀说："水下的情况我们还不了解，放一个探测器下去吧。"孙良在操作界面上启动相关装置，鳙鱼号鱼腹下的舱门缓缓打开，一个圆盘状的黑色探测器飞出，直线降入水中，画面实时传回到驾驶舱。

邱致理调出大洪水来临前的上海三维地图，投影到他和孙良的头盔镜上，实时匹配探测器传回来的画面。作为东亚沿海城市考古专业的毕业生，他们非常熟悉上海地图，这几乎是期末必考的作业。他们看到探测器下潜到八十米之后，已经逼近上海市的遗迹，所处的位置是一座小山的上空，山顶残存着一座大理石教堂，拱顶位置是一个黑魆魆的洞，有鱼群在其中穿行。上海的山没有几座，这里是佘山，很好辨认。探测器扫描过山顶荒凉的别墅群，又沿着佘山向南扫描，穿越辰山、广富林，以及泰晤士小镇的残垣断壁，贴着当年一条城市高架路转向市区。地图标识出G60，这是上海连接杭州的高架。混凝土倒是不怕水，但里面的骨架钢筋腐蚀得厉害，有的地方垮塌了，有的还矗立着，灰茫茫的像一条沉默的海蛇。

邱致理规划路线，让探测器沿着上海当年的路网移动。探测器沿着G60开始向东北方向扫描，经G60转向沪闵高架，这里是当年上海郊区与市区的交界。沪闵高架西侧，锦江公园的摩天轮锈成一堆废铁，轮辐大多脱落，架子挺立着，像一具巨人的骷髅。沪闵高架东侧，曾经的上海南站完全塌掉了，像一个坠毁的飞碟。探测器飞行到沪闵高架的尽头，沿着地面路线由徐家汇经衡山路向北,高楼的遗址密集起来,这是当年淮海路一带,老上海的风华之地。高楼间隙,大片弄堂化为尘土,瓦砾下间或游出几条深海鱼。探测器沿着淮海路扫描到当年的市中心人民广场,又向东折向南京路,从世贸广场的两根天线中间穿过,一路扫描到和平饭店。外滩的万国建筑还在,无论是海关大楼还是汇丰银行大楼、怡和洋行大楼,长年沉睡在海水中,海关大楼的旗杆上挂着大片墨绿的海草。不再有黄浦江了,整座城市都泡在水中。

探测器直接飞到外滩对面的陆家嘴,到达陆家嘴上空时,探测器响起警报声。它终于发现了赤鳙号!邱致理与孙良紧张地注视着眼前的镜幕,赤鳙号砸在了东方明珠塔的脚下,紧贴着东方明珠塔垮塌下来的观光球。飞船高度闭合,也许金和科霍夫还活着,在紧急状态下打开了飞船的避水装置。现在的问题是探测器也无法飞进去,只能在飞船外围打转,从探测器传回的图像看,飞船受损并不严重。

邱致理尝试无线电与激光通讯两种方式呼叫,但赤鳙号都没有应答。这时孙良说:"只有我们下去看看了。"邱致理点点头,正准备站起来,孙良按住他:"你留下,我去。"

"一个人去危险……"

"所以你要留在飞船里策应。"

邱致理摆摆手:"还是我去。"

一向话不多的孙良有点急了:"我的驾驶技术和电脑技术都比你好,不要争。"这话说得重,但也是实情。不要看孙良沉默寡言,他是电脑方面的天才,读书的时候就曾改进过飞船航电系统,获得了学院的大奖。

邱致理无话可说,他也认可孙良的水平。孙良按照AAA规定的标准操作流程,起身打开飞船驾驶舱通向机身的舱门。舱门后就是舰载飞行器,和飞船一样内置了磁约束核聚变反应堆,续航能力惊人,且小巧灵活,可以适配水陆空各种环境。孙良站在飞行器驾驶舱位旁,扭过头盯着邱致理说:"我想起一个人。"

"谁?金还是科霍夫?"

孙良摇摇头:"你知道我不喜欢他们。"

邱致理宽慰他:"科霍夫大大咧咧的,你们俩性格不搭。"他想了想又笑着说:"金这个混蛋天天像个色狼,你这家伙就像个苦行僧。"

孙良默然不语,在痛苦地犹豫什么。邱致理觉得自己理解他,他们都是第一次执行救人任务,现在的海域遍布危险。

当年读书的时候，教授讲过大洪水之后，人类世界的病毒传播到深海中，导致了深海生物的变异。他们也读过古老的《山海经》及明朝的《异闻录》，读过二十一世纪的一些都市传说。当然是当消遣故事读的，在这个科技大爆炸的时代，星辰如大海，但大海不再有星辰的魅力。

孙良似乎下定决心，他问邱致理："你觉得金和科霍夫是什么情况？"

邱致理一时语塞。

孙良说："我能猜到。"

邱致理说："相信你的预感，你一会就能见到他们。"

孙良还是摇摇头："可能见不到他们。"他看邱致理没有明白，就缓缓地说："和我聊这么多，是不是觉得这可能是我的遗言……"

邱致理说："我没有这么想。"

孙良说："我要这么想，因为这确实是遗言，但却是你的！"说完这句话，他立刻关闭了载人飞行器和飞船驾驶舱之间的玻璃门。隔着玻璃门，孙良几乎把脸贴在门上，对着门后面的邱致理说："我想起的人是Eileen！"

透过这面坚硬冰冷的玻璃，每个字清晰地传进来。邱致理震惊地看着孙良这张变形的脸，透过孙良近乎狰狞的眼神，他似乎再一次看见了Eileen，他们班最漂亮的女孩，墨西哥高原上的原住民和太空城地球人的混血。她印证了乐观的女孩往往有一双颀长的腿，也打破了聪明的女孩往往柔弱的偏见。作为全班男生眼中的女神，也是邱致理、金和科霍夫寝室夜谈的对象。

孙良面部扭曲，有一种报复的快感。他对邱致理说："金和科霍夫现在的状况，就是在赤鱬号里喘不上气，一点一点窒息。赤鱬号的电子系统，被设定为到达上海后自动失灵，氧气系统也会同时关闭。当我一会儿飞出去之后，这艘船也一样。"

邱致理仿佛看到东方明珠塔下的赤鱬号里，金和科霍夫像两条跳出水的鱼，绝望地在坟墓般的飞船里挣扎。他砸着面前的玻璃门，大声嘶吼着："你为什么这么做？"

"因为我知道Eileen是怎么死的！前几天在机库里，我就在羸鱼号的机腹下，听到你们三个人的争吵，听到毕业晚会那天你们往Eileen的水杯里放了什么，你们想看Eileen出丑！"孙良说，当他知道Eileen是因过敏导致窒息后，他就发誓要找一个机会，让凶手以同样的方式死去。当他们离开机库后，孙良就在赤鱬号和嬴鱼号的操作系统里分别植入了病毒。过几天金和科霍夫就要去上海这片海域考古，他不想再等了。

邱致理颓然地坐回位置上，无话可说，等待命运的判决。他知道一分钟之后孙良的飞行器就会弹射出嬴鱼号，而这次弹射将激活嬴鱼号的病毒，整艘飞船也将像一条铁鱼，直直地坠入深海，和赤鱬号一起，安葬在上海的废墟中。他看到孙良已经冷峻地坐到驾驶舱位上，开始启动飞行器。两个人甚至都没有最后的对望，和几百年前的地球人一样，怀疑与仇恨总是将人与人的关系撕裂。

一阵轰隆的震动，邱致理闭上眼睛。嬴鱼号被一股巨大的力量吸住，开始下沉。在剧烈的震颤中，邱致理听到孙良吃惊地叫了一声，他睁开眼睛，发现孙良的飞行器并没有成功弹出，对飞船的下沉也显得束手无措。邱致理望向下方的水面，水面在急剧地旋转，形成一个巨大的漩涡。飞船猛地坠落到水面上，沉入水中。孙良对着邱致理大喊："不是我！"他们感到深海之中，有什么东西在黑暗中盯着飞船，准备吞噬掉他们。海底发出地震般的闷响，水流在震荡，像有一头巨兽拖曳着游过废墟。他立刻指向驾驶舱中孙良的位置，孙良明白他的意思，犹疑一瞬间，就打开隔离驾驶舱与飞行器的玻璃门，坐回到自己的位置上。嬴鱼号已经下沉到上海中心的楼顶，他们都能背出这个高度，六百三十二米，这是曾经的中国最高建筑，是上海辉煌岁月的骄傲，也是此刻飞船和海底最后的距离。他们紧急重启嬴鱼号系统，磁约束核聚变反应堆被重新点燃，此时嬴鱼号已经落到环球金融中心的高度，离海底不到五百米。飞船试图再次拉升，但就像一条小鱼，被大鱼咬出尾巴，海底这股蛮荒之力还在拉着嬴鱼号慢慢下沉，已经拖到了金茂大厦的尖顶。金茂大厦的玻璃幕墙还是完整的，如果阳光能够重新照亮上海，幕墙会印出嬴鱼号缓缓沉落的影子。但邱致理和孙良无暇旁顾，他们死死盯着飞船的前方，沦为海底废墟的上海，像一片远古巨兽的尸骸。

03

英魂阵

题记：读者朋友，要是你打开地图，找到我的家乡辽宁省本溪市桓仁县，会看到一个奇怪的地名——阴魂阵。我在大夏大学图书馆工作时，无意中发现东北抗日义勇军的一批档案，其中有一个档案袋和桓仁、和阴魂阵有关。里面有一枚民国时期的老校徽，还有一沓糟朽的红格稿纸，字迹俊秀，作者不详，记录了九十年前一件不为人知的往事。我用了几个月的时间，将这个惊心动魄的故事整理出来，以此告慰前辈的英魂。

楔　子

一九三二年，除夕，通化。

地主张凤阁家的大院，这一天热热闹闹。丈余高的四面青砖大墙，腊月里管家已安排下人补上脱落的泥皮，找来青白色石灰重新粉刷一圈；院落四角的炮台，扎上了红绸子。今天张凤阁请来驻通化日本领事兴津良郎，每个炮台，除了张家挎着盒子炮拿着辽十三式步枪的家丁，还各站一名背着三八大盖的日本兵。这帮日本兵统一戴着防寒护耳的军帽，穿一身羊毛领卡其色军大衣，腿上绑着羊毛衬里的防寒绑腿，脚上蹬一双牛皮的编上靴。家丁说不上话，哈着腰给日本兵敬烟。

大院北边一左一右的炮台下面，就是张家一边一个两个粮囤。西屋、堂屋和东屋坐落在粮囤中间，东屋西屋有南炕北炕，配着坐地式烟囱。堂屋大梁是长白山运下来的整棵红松，大梁下摆着木屏风，绘着一只雪地里的斑斓猛虎。屏风左右立着一对洪宪款浅绛彩童献寿大花瓶，屏风前摆着条案，两边摆着太师椅，堂屋中间摆下八仙桌。堂屋门槛下台阶，院子东边，从北到南四间房。头两间存着腌好的酸菜、杀好的猪、冻好的粘豆包、玉米大米各类粮食，后两间是膳房和伙计住的大通铺的火炕。院子西边，从北到南也是四间房。第一间是仓房，张家做缫丝生意，里面堆着满屋子的软缎羽缎。后几间依次是碾房、草房和马圈。院子中央，今天搭上戏台子，三尺高，三铺炕大小。传闻日本人要开进通化，当地几个戏班子都往南边跑了，找不齐人唱拉场戏。草房的伙计介绍通化邻县桓仁一对夫妻，一旦一丑，能唱《刘金定》。临近晌午，天上飘起雪花，管家招呼草房伙计照应他们。伙计把草房让出来，让两个演员进去候着。乡下的戏，妆容简陋，女的拿一枚大铜簪子盘起头发，手里抓抓雪，抹一把草房门口的红对联，往脸上涂红，进去就把草房的门关上了。

堂屋里，张凤阁陪坐着，忙前忙后地递糖递茶，等着吉时开席。兴津良郎大剌剌地坐着，一对老鼠眼，留着卫生胡，身上的黑礼服有些皱，有一搭没一搭的和张凤阁说话，中文说得怪异结巴。兴津良郎左边的主位上，还端坐着一位日本老人，瘦得像一棵枯树，须发皆白，双眼微闭，一言不语，一身挺括的毛料军大衣。这件奇特的军大衣既无领章也无肩章，判断不出对方什么来头。迎进门的时候兴津良郎也不多介绍，只说是刚刚从东京来的贵客。张凤阁小心伺候着，自然不敢多问。

八仙桌前陆续走席，灶房伙计们鱼贯而入。先摆上大拉皮、肉皮冻、五香花生、挂浆白果，之后热腾腾端上来锅包肉、炸大虾、熘黄菜、煎丸子、小鸡炖蘑菇、明太鱼炖豆腐，中间摆上一大盆酸菜氽白肉，最后上一道甜口的雪衣豆沙。张凤阁殷勤着请两位入席，招呼着管家让二人转上场。日本老人话不多，对吃的倒是感兴趣，张凤阁舀一碗鸡汤敬到面前，这老人难得地点点头。兴津良郎在通化住了几年，先喝一杯张凤阁敬过来的黄酒，酒里温好了冰糖和果脯，一双眼睛就在女旦的胸脯上打转。

这对夫妻行装寒碜。男的阔脸暴腮，一身破烂黑棉袄，也没带丑帽，头发乱糟糟沾着草料，腰上扎个白腰包，套一条红彩裤。女的青布包头，扑粉抹红，一幅柳叶脸，鼻梁边有些雀斑，上身穿一件对襟红袄，下身套一条破破烂烂的绿裤子。没有锣鼓班，张家也凑不齐板胡、唢呐、大板、手玉子、大鼓、小扁鼓、大锣、小锣这八大件，胡乱安排几个伙计拉弦。夫妻俩倒退着入场，先是怯声唱一段小帽、说口，最后唱段正文。所谓头场看手，二场看扭，这夫妻俩手生得很，手绢耍得别扭，清冷着脸，不知道是冻的还是紧张。院子里的雪越下越大，棉絮一般扯下来，旦角嗓子倒好，硬气的声音，穿透严寒的空气：

  你在山下行你路

  我在山上存我兵

  井水不把河水犯

  你不该骂我骂得这样苦情

  这真是太岁头上来动土

  老虎窝里捅马蜂

  圣人面前卖字画

  佛爷手心打能能

  孙悟空面前耍金箍棒

  火神面前来点灯

  你称称四两棉花纺一纺

  姑奶奶不是省油灯

  今日下山不去拿住你

  枉在高山存大兵

兴津良郎矜持地鼓几下掌，张凤阁随手丢下两个银元。夫妻俩对视一眼，过来行礼，在台阶下弓着身子捡钱。突然媳妇撩开对襟袄，裤腰里别着一把汉阳造盒子炮；丈夫也从腰包里拉出一颗手榴弹，大喊一声小日本鬼子我操你妈。周围看戏的伙计们吓呆了，啊啊大叫着往碾房马圈里躲。炮台上小鬼子慌得直拉枪栓，一双手冻得不利索。张凤阁惊得坐倒在地，兴津良郎慌忙往桌子底下溜，只有那个日本老人，眼睛骤然一亮，浑身却纹丝不动。

媳妇刚掏出枪，日本老人张开枯枝一样的手，仿佛就在面前一样，捏向她的脖子慢慢收紧。两人相距足足有七八米，但是这媳妇的身体就像被一根线提了起来，她踮起脚，两只手死命去打自己的脖颈，如同真有一双看不见的手掐住那个地方。老人的手在悬空中一扭，媳妇的脖颈似乎被瞬间扭断，整个身体一下子歪倒在雪地上，像是没了呼吸。丈夫看着媳妇身子软下去，脑门暴起青筋，猛地去拉手榴弹。老人缓慢地摇摇手指，手榴弹的弦竟似被死死冻住，丈夫颤抖着手，就是拉不开。这男人惊愕地转过头，盯着老鬼子的脸，不知道这是碰到了什么东西。老人阴鸷地看着他，倦怠地挥一下手，这男人就像被一记重锤撞到胸口，一下子后仰着倒下，两腿抽搐几下，不再动了。

炮台上的鬼子冲进院子，几个鬼子把夫妻两人的尸首抬下去，另几个鬼子守在堂屋门前，端起三八大盖，拉动枪栓，刺刀明晃晃地对着院子。满院的伙计们目瞪口呆，一时间竟鸦雀无声，恐惧地缩着头看着这日本老人。张凤阁缓过来，忙不迭地向兴津良郎赔礼，拜老祖宗一样地不断给日本老人鞠躬。管家着急忙慌地跑进来讲，夫妻进门的时候都搜过身，现在草房伙计找不见了，枪和手榴弹准是藏在草料里。兴津良郎拍着桌子，把酸菜汤都震出来，嘴里飙出一串日语。老人倒是淡然，平静地抓起桌子上的热毛巾擦擦手，好像手上真的染上了血。他那双发灰的眼睛，冷漠地望向桓仁的方向。日本人已然得到情报，辽宁民众自卫军准备开春在桓仁成立，这个老人正是为此而来。

一

正月初四，桓仁。

辽东山区这连着几天的雪，晚上终于停了。沿街屋檐铺着一层雪，屋檐下挂着一排冰溜子。县城不大，从东到西是一条长街。从东边的长街漫步向西，会依次走过官银号、浴池、医院，医院紧邻着城墙的东门宾阳门。桓仁的城墙颇为别致，围成一个八卦形，不知道要镇着什么东西。从宾阳门穿过城墙进来，先后经过武庙和城隍庙。再往西走，就走到长街的中心，也是当地的县署。县署东侧是教养所和监狱，西侧是财政局。财政局再往西，就从城墙的西门朝京门出去了。以县署为界，东边是东关大街，西边是西关大街。县师范学校在城墙外的东关大街上，邻着当地的天后宫。街道上杳无人声，偶尔有一两声低低的狗吠，不知从哪间黑漆漆的门板后传出来。

大过年的，学校里没什么人。一圈平房围着院子里的土场，北面一间平房，国文教师许英的宿舍里，亮着一盏煤油灯。空气沉闷，许英推开木门，敞着棉袄仰望着家乡的天空。许英三十岁左右的年纪，剑眉星目，斯文而沉着，如一棵雪中的白桦。冬夜里的星光，有一种透骨的明亮，幽然照着院子里的雪垛。北风呼啸，掠过高空，吹动院子中央光秃秃的旗杆。他站了一会儿，把铝杯里的茶叶倒在雪堆上，转身回到屋里。

炕上摆着小木桌，放了一盏油灯。围着桌子，横七竖八靠着几条汉子。靠在炕里被褥垛上，一副娃娃脸，带着圆框眼镜的，是东北军下来的秘书郭光宇。胳膊撑在桌子上，一张国字脸的，是县城公安大队的副队长葛巍。葛巍对面，又瘦又小的一个伙计，正是张凤阁家的草房伙计赵三。

"你亲眼看见的？"葛巍拧着眉毛问赵三。

赵三端起眼前的粗瓷碗，吞了一大口冲开的油茶面。他抹抹嘴，十分确定地说："我就躲在膳房后头，亲眼看着连海和淑梅倒下去的。那个老鬼子，不是个人，是个活鬼。"

许英站在葛巍身边，问道："连海他们的尸体呢？"

"估摸着被小日本扔在乱坟岗了。"

许英拍拍葛巍的肩膀说："得联系通化的老张，找找关系，把连海他们的尸首运回来。"

葛巍犹疑着说："试试看。我之前不知道连海夫妇参加了自卫军，他们从来没露过面。"

郭光宇这时候说话了："无论是否正式参加，只要抗击日寇，就是我们的同志。"

葛巍叹口气："连海和淑梅还有一对儿女，就跟姥姥住在附近，可怜的，都没成人，一下没了爸妈。"

赵三狼吞虎咽地吃着油茶面，看来饿得够呛，通化到桓仁，冰天雪地二百多里山路。赵三说："我心里有点怕，许老师，郭秘书，要不咱们也躲躲吧。想个法子联系上唐将军，把救国会的事情缓一缓。"

许英坐在炕沿上，盯着赵三看了一眼，没有说话。

郭光宇提高嗓门："那怎么成，现在抗日，一分一毫都不能耽搁。"

赵三一脸苦相："郭秘书，人家会法术，这仗咱咋打。"

郭光宇一时无语，许英接过话："赵三，你看到的这些，跟谁都不要讲。"

赵三呆呆地点头。许英又逼问一句："你可得记到心里。"赵三想一想，说："那天院里的伙计很多，我寻思早晚要传开。"

葛巍有点犹豫："赵三说得也有理，我寻思还得告诉郭队长和唐司令，要是日本老小子真这么邪乎，咱们治不住他。"

许英摇了摇头："先等等看。这件事太怪。"他看看赵三，又说："你老家是六道河子的吧，天一亮，先回去躲一躲。"

大家一时都不说话。窗台上结着一层铜钱厚的白霜，寒气渗进屋子里，只有褥子下还有余温，窗外是黑沉沉的夜。

天蒙蒙亮，赵三就动身回老家躲躲。送走赵三，葛巍招呼许英和郭光宇去自己家吃饺子，当天是"破五"，按照桓仁的风俗是要吃一顿酸菜饺子。郭光宇是上海人，在马思南路长大，前些年在大西路的光华大学读书，认识了在胶州路的大夏大学读书的许英。毕业后失联了几年，没想到几个月前又在桓仁遇上。两个人是一前一后到的桓仁，郭光宇是"九一八"之后带着少帅手谕从北平过来，收拢辽东当地的队伍。许英是年前从哈尔滨到的桓仁。他是土生土长的当地人，但父母都已过世，老宅凋敝，暂时以国文教师的身份安顿在学校里。

大正月的，家家起得迟，郭光宇建议先去吃顿豆腐脑。他到桓仁这一段，迷上当地的小吃。桓仁当地的豆腐脑，习惯将深山里采来的木耳切细，和胡萝卜丝一起炒，用一点面粉勾芡，撒上虾皮葱花紫菜，配上当地卤水点出的嫩豆腐，吃起来爽滑鲜香。几个人于是去学校对面临街的小店，草房顶上铺着一层高粱秆，覆着黑褐色的稗草，土墙上歪歪扭扭写着"老孙家"。郭光宇他们掀开帘子推门进去，热气扑面而来，眼镜上蒙上一层水雾。郭光宇摘下眼镜擦擦，正看到老孙头从厨房里端着两碗豆腐脑出来，靠着炉子的木桌边上，一对七八岁的小孩在嬉闹。

葛巍看到这对小孩，一时呆住。他压低声音告诉身边的许英和郭光宇，这对小孩，小虎小慧，正是牺牲的连海和淑梅的孩子。几个人围着炉子坐下来，心里都有些沉重。葛巍和老孙头招呼，要三碗豆腐脑，一碟糖饼，一碟大米饼。郭光宇摸摸孩子的头，把糖饼和大米饼推在孩子面前。许英抽出一双筷子，给孩子们夹过去大米饼，淡然地问："你们爸爸妈妈呢？"此言一出，郭光宇和葛巍有些惊愕。孩子们愣愣地不明就里，穿着破破烂烂的小慧，抬起头，奶声奶气地说："爸爸妈妈年前就出门了，去外地唱戏。"小虎抹一把鼻涕："他们很快就回家了。"

听到这句话，许英沉默不语。郭光宇叹一口气，站起身再去端几碗浆子，他喜欢当地这种洒着糖的豆浆。郭光宇给老孙头拱拱手拜个年，热情地攀谈几句。老孙头话很少，眼神黯淡，脸上的皱纹千沟万壑，讷讷地说现在生意难做，就是提到小日本时还很激动。郭光宇听葛巍讲过，老孙头的老婆和刚出生的孩子一起，死在了光绪年的日俄战争。

葛巍各给孩子们倒了一碗浆子，问问他们姥姥的近况。当地人迷信鬼神之力，县城里跳大神的，淑梅她妈最灵。葛巍还记得小时候发高烧，深夜里被抱到淑梅家。淑梅她妈敬上香，围上一条系着五颜六色布带的红裙，敲着一面手鼓，念叨着一些顺口的话，浑身颤抖地摇着不停，布带上的铜铃铛叮当乱响。跳过一通舞，用黄表纸收拢香灰，叠成几包，让葛巍回家后顺着热水喝下去，在炕上捂捂汗，高烧几天就退了。现在淑梅她妈脑子糊涂，瘫痪在家，就指望淑梅和连海农忙时种种苞米，农闲时出去唱唱二人转。淑梅、连海一走，往后的日子实在熬煎。想到这，葛巍招呼老孙头，刚想替孩子们付钱，就看到小慧从棉袄内怀里摸出一枚现大洋，小虎也随着摸出一枚一样的。孩子们不认识钱，就这么摆在桌上。葛巍走过去严厉地说家里的钱不能乱拿，让小虎小慧回家还给姥姥。许英把桌上的钱捡起，分别放回孩子们的棉袄里，仔细地拍了拍。

吃完早饭，太阳升起，一点淡淡的黄晕，透过冬日的密云。三个人身上暖起来，从东关溜达去西关葛巍家。几个人边走边聊，这几个月日本人主要沿着铁路运兵，北上哈尔滨南下锦州，还顾不上这一片辽东山区。但大势崩坏，上个月锦州沦陷，这几天哈尔滨战事吃紧，消息传来，桓仁人心惶惶，有赖县公安大队的郭队长带着队伍维持着社会秩序。葛巍知道郭队长和驻扎在凤城的唐将军是结拜兄弟,他们正跟刘县长一起,秘商辽东十四县联合起来抵抗日寇的大事。郭队长也暗自嘱咐过葛巍,照顾好保护好许英。葛巍和许英打小就认识,后来许英去上海读书,葛巍听人传说他在上海加入了共产党。这次许英从哈尔滨回来,县里上下都很尊重,知道他离开家乡这些年,在外面干得是救国救民的大事。

几个人聊着聊着,走到旧日的县衙前。辛亥革命之后,县衙改成县署,门前辟出一片广场,集会庆典,每每在此举行。这几年春节前,刘县长命人从城外的浑江取来冰块,雕出一龙一凤,中间是浑圆的一个冰球。龙凤吐珠,寓意吉祥,摆在广场的中央。围绕这个广场,正月间总有些卖艺的、唱戏的、踩高跷的、变戏法的,元宵节的时候家家掌着花灯来看,尤其热闹。现在这大清早,稀稀拉拉人不多。雪地里三五个孩子打着咔溜滑,嘻嘻哈哈地你追我赶,笑声回荡,在这冬日里反倒有一丝宁静。冰球前,站着一个瘦瘦高高的老人,套一件脏兮兮的长袍,带着半大孩子出来卖艺。孩子正从随身背的木箱里一件件取出宝剑、七星盘、瓷碗、花瓶、火盆、海碗,依次摆在一块灰毡子上。木箱用砖头支起来,就是个简单的台案。箱子上还刻着字,一面刻着"是是非非非亦是",

另一面刻着"真真假假假即真"。老人看许英等人器宇不凡地走过来,知道是体面人,作个揖,在台案上摆出一根筷子,两个碗,三个球。许英似乎很有兴致,竟站着不动,紧锁眉头,认真看完老人这场三仙归洞。郭光宇打着哈欠,觉得乡野把戏没甚意思,远不如上海大世界里的杂耍精彩。老人表演完这一场,叫孩子去取花瓶,还想来一场"瓶升三戟"。葛巍摆摆手,递过去一张奉票,又推推许英,"戏法是假的,饺子是真的。"许英不理葛巍,像是没看过戏法一样,聚精会神地盯着提线木偶般的孩子,心里升起一个念头。他临走时走到变戏法的老人身边,低声耳语了几句。

二

正月初七,通化。

当地阴阳先生老张头的大院,也是当地的棺材铺,今晚木门虚掩着,院子里整齐地摆着几口杉木棺材,有的刷着红漆,有的刷着黑漆。油漆是新刷的,没有干透,摆在雪地里,月亮一照,阴气更浓。院子里空气寒彻,老张头坐在正房门口，抽着旱烟，心神不宁地等着伙计小崔回来。

老张头名义上是阴阳先生，实际上是唐将军的营部参谋，几年前从凤城过来，亲生儿子还留在唐将军身边当警卫。通化驻军长官是东北军步兵第二团团长廖弼宸，和唐将军一样，隶属东北边防军司令长官于芷山统辖。"九一八"之后，于芷山投靠日本人，当上了奉天警备司令官。眼馋着老上级的荣华富贵，左右摇摆的廖弼宸，心思放在卖身投敌上。唐将军对于廖弼宸这个老相识虚与委蛇，暗地里已做好各方面的准备，只等自卫军成立后，联合辽东各路人马先拿下通化。

直到深夜小崔才回来，围着狗皮围脖，眉毛上结着霜，挺大的个子，慌慌张张地推着一辆板车，板车上盖着一床棉被。老张头掐灭旱烟，院门外左右瞅瞅，轻声关上门。他生性谨慎，不敢在正房掌灯，将小崔拉到院子一角的仓房里。仓房里有一张瘸腿的八仙桌，拿石头垫着桌角，桌面上摆放着罗盘、葫芦、鲁班尺，堆着黄纸香烛，桌边还靠着两个花圈。仓房一角码着玉米芯和柴火桦子，另一角放两大缸酸菜，用大石头压着，缸面上白花花皱起一片。老张头把小崔拉到柴火桦子前，低声问他："事情咋样？"

小崔拉下围脖，搓搓手："掌柜的，这事邪乎。你昨天吩咐后,我就托关系去张凤阁家打听,说是前天才送出去的。"

张老头一算:"前天是初五,怎么还停了几天?"

"也可能是大前天,但肯定不是当天。也不是丢在乱坟岗,两个日本兵带张家的人,埋在了浑江边。小日本非要丢进江里,逼着人把江面凿开,冻得太厚没凿动,就在江边找块荒地挖坑埋了。"

老张头拉着小崔的胳膊:"就是你车上的……你都带回来了?"

小崔咽一口吐沫:"掌柜的你听我说,我就带回来一具。"

"一具?"

"事情怪就怪在这,坑挺浅的,也不小,但我挖开的时候就一个人。"

老张头有些疑惑:"桓仁那边不是送信说两个人吗?"

小崔说:"这我整不明白。掌柜的,挖人比埋人瘆人。咱们以后还是只管埋人吧。"

老张头敲敲他脑袋,领着小崔出去。他借着月光把板车上的棉被揭开,连海一张青冷的脸露出来,浑身冻得硬邦邦的。老张头仔细看了一下,发现连海胸前两个血洞,是枪伤,从后背贯穿过来,黑棉袄和白腰包都喷着血。老张头骂一句,这小日本是多大的恨,对死人还开枪糟蹋。他转身对小崔说,这地方咱们不能待了,你跟我抓紧回一趟桓仁。

也是在同一晚,张凤阁家的堂屋里,兴津良郎正陪着日本老人喝茶,堂屋外面站着两个明哨,几个家丁挎着盒子炮在周围巡视。这个老人名叫贺茂藏,是日本陆军大学的资深教师,教过现在的关东军司令本庄繁,被关东军礼聘为军事顾问。自从贺茂藏露了这鬼神难测的一手,兴津良郎对他尤其敬畏。关东军司令部也从奉天发来密电,通化领事馆里的日军,全权交贺茂藏大佐指挥。

贺茂藏谈兴颇高,给兴津良郎讲起二十年前的东北。原来这是他第二次到这片辽东山区,一九〇四年日俄战争时,他作为军事观察团的一员也来过这里,在桓仁城外的浑江一带,还和俄国的小股部队打过一仗。回忆往昔,贺茂藏苍白的脸上,也闪过一丝不安的神情:"那是我第一次见到斯拉夫人的法师。"

兴津良郎不敢作声,等着贺茂藏往下讲。

"我还记得那个领头的法师,黄袍紫帽,举着一把镶着宝石的金色十字架,像一把军刀。"贺茂藏像给晚辈讲故事的老人，望向虚空，陷在往事中。

"他们的法术是？"兴津良郎小声问道。

贺茂藏琢磨了一下，说："冰，江面上长出冰刺。"他意味深长地看着兴津良郎，"你去过桓仁的浑江吗？"

"还没有，我只熟悉通化的浑江。"

"桓仁一带的浑江很宽阔，一岸是山，一岸是县城。那天我们走到江边，对方的法师就知道了消息，提前在冰面边布阵。"

"他们有几个人？"

"五个人，我们二十多人，只有我活下来了。"

兴津良郎一时惊讶得说不出话。

贺茂藏面带痛苦地皱着眉头："那是我第一次接触到阴魂阵，之前我一直以为只是种传说。"

"阴魂阵……"

"从拜占庭时代流传下来的邪术，将敌人化为永世飘零的阴魂。"贺茂藏喃喃说，"那天对方只有五个人，只能摆出小阴魂阵。如果有九个人的话，摆出大阴魂阵，我也不可能活着离开。"

堂屋里一时安静下来，兴津良郎不禁打个冷战。一阵阴风，混杂着冰雪的寒意，在房间里游荡。

贺茂藏说到这里，开始讲起他要讲的正题："兴津桑，我要回一次桓仁。"

听到老人这么客气，兴津良郎赶忙站起来："大佐，一切听您指挥。"

贺茂藏摆摆手示意他坐下，不无沧桑地说："我要去祭奠当年大日本皇军的御魂，他们在浑江的江面上，游荡地太久了。"

兴津良郎连连附和，又试探着问，这是一次秘密行动？桓仁目前还有很多抗日分子，当地的中国官员，对我们的态度很复杂。

贺茂藏意味深长地看着兴津良郎："中国人像江里的鱼，是怎么也网不尽的。只有一个办法，可以让我们最快地占领这片土地。"他看着兴津良郎一脸呆滞的表情，就抬起一只手，带着阴惨惨的微笑对兴津良郎说："中国有一句古话，杀人诛心。"

"杀人诛心？"

"让他们从心底对你感到恐惧，让他们像家畜一样温顺，不敢有任何反抗的意念。"贺茂藏又补充一句，"兴津桑，想想那两个沉在江底的人。"

三

正月初九，桓仁。

空气清洌，站在许英的房门前，郭光宇深吸一口气，感觉肺里都是凉的，像喝了一口冰水。这是他在东北经历的第一个冬天。屋顶仰砌着整齐的小青瓦，沿着屋檐望上去，清冷的蓝天让人恍惚，和灰云细雨的江南全然不同。结识许英的那个冬天，他记得许英穿着棉袍裹着围巾，坐在东海咖啡馆里喝着罗宋汤，苦笑着说上海比东北还冷。也是在东海咖啡馆里，他们几个人激烈地争论着上海工人的武装起义，分析北伐军何时进入杭州。大家总是说不到一起去，争论时的许英不像现在这么冷静，语速像机关枪一样，愤怒地批判有的同学对于戴季陶的推崇，斥责戴季陶等人对于国民革命的歪曲……

他推门进去，弯子炕的南炕上，睡着鼾声如雷的两个人。他认出这是通化来的老张和小崔，看起来乏得很，胡乱睡在褥子下面，满脸通红，额头上一层细细的汗。北炕上许英在炕桌上写字，他俯近身子看，俊逸的毛笔字写着："邦家不幸，横遭咎殃，倭寇逞凶，犯我界疆，半载以来，贼势弥张，凡我人民，痛苦备尝……"郭光宇赞一声，拍拍许英肩膀。许英淡淡地说，这是救国誓词，唐将军老早就委托他写一份，这两天想提前写好。他放下笔，平静地看着郭光宇："你知道老张带回来的消息吗？"

正说话的功夫，葛巍风风火火地推门进来，粗声大气地说："街面上有点乱，赵三嘴上没个把门的，过年喝点大酒到处咧咧。"

许英很平静，似在意料之中。他只是轻轻摇摇手，示意老张他们还睡着。葛巍摘下帽子和耳包，沿着炕沿坐下，把一双大手伸进褥子下面暖暖。他讲这几天人心惶惶，都在传哈尔滨守不住了。赵三回到老家后天天在村子里耍钱喝大酒，喝大了就和大车店的那帮师傅瞎比比，咋呼通化那个日本老头多厉害，空手就能隔着老远掐死人。乡亲们都传开了，说小日本的阴阳师从东京到咱们这了，斩草为马撒豆成兵，这下子阴的阳的咱们都斗不过。葛巍咽一口水，继续说商会里的人昨天去找刘县长和郭队长，话里话外地表示听本溪县那边福兴奎烧锅的老板讲，日本人进来后挺和气的，咱们和日本人往远了论也是同文同种。

郭光宇有点焦急："这么下去蛮危险的，人心浮动，不利于开春后自卫军的成立。"

许英点了点头："这个日本老人是个大麻烦，必须解决掉。"

几个人没聊几句，老张翻个身醒了，睁开眼睛看见大伙都来了，就把小崔拍醒，几个人寒暄几句。葛巍问了问唐将军的近况，老张给葛巍和郭光宇又讲了一遍怎么把连海的尸首运回来的。葛巍听完老张的话，看一眼许英，迟疑而忐忑地问："老张，你是通化的老阴阳先生，你给咱讲讲，小日本的阴阳师到底有多厉害？"

老张大笑，说葛巍老弟你知道我原来就是个营部参谋，小崔就是我的卫兵，我那罗盘都是唬人的，这两年经我手的吉穴，大多不靠谱。小日本的阴阳师，这得问许先生，许先生懂得多。

许英笑笑，说有一本叫《异闻录》的古书记载，中国人和日本的阴阳师交手，最早在壬辰倭变的时候。据说明朝锦衣卫在松江府和丰臣秀吉的探子斗了一场，对方幻术了得，水遁而走。日本的阴阳道源自汉土，受阴阳五行的影响很大，也融合了日本古代的一些思想。繁盛的时期，主要在日本的平安时代，大概就是咱们的晚唐到南宋。那时候的天武天皇，专门建立了一个管理阴阳师的机构"阴阳寮"，阴阳师们据说精通天文、历法、堪舆、占卜、符咒、遁甲、幻术、祭祀，神工鬼力，神秘莫测。到了明治元年，日本颁发了"神佛分离令"，阴阳师就渐渐消隐。现在看来，那些传说中的法术，都是一些野史写的，不过是道听途说。

许英说完后大家一时沉默，这个日本老头露了一手，多少人亲眼见过，咋还是道听途说？小崔心直口快，把这个意思说出来了："许先生您怎么看待通化这个日本老头？他空手就掐死咱们两个人。"

许英沉吟不语，他想了想，严肃地反问："大伙觉得，中日这一仗，胜负的关键在哪里？"

葛巍率先答话："那不用问，谁有枪谁就赢。小日本打锦州的时候，天上飞着飞机，地上跑着坦克，铁道上一趟趟运着装甲列车。你再瞅瞅咱们县的公安大队，步枪都配不齐，只有郭队长一把花口撸子。"

老张说："有枪，也得有好的训练和指挥，咱们现在行军、射靶、野外演习都不太行。"

郭光宇说:"中日这一战,国际支持很重要。如果国联推动的锦州中立区方案能通过,锦州走到国际共管这一步就好了。"

许英看着大家:"胜负的关键在民心,老百姓相信能赢,咱们就能赢。唤醒民众是第一位的。"许英顿了顿,"要唤醒就要有牺牲。"

众人都不知道怎么接话,他们觉得许英的一些想法,固然没错,但过于务虚,葛巍常常笑话他在上海待了几年,俄文读多了。郭光宇也以为民众是胜负手,但他对于唤醒民众,并不以为然:民众既愚又笨,唤醒太难,哄哄倒是容易的。但这种事能做不能说,郭光宇于是换个话题,说起今天早上的一件怪事。今早他又去老孙家喝豆腐脑,没碰到小虎,碰到了小慧。小慧这孩子小脸煞白,说家里昨天晚上闹鬼。

听到这里,许英突然直起身:"闹鬼?"

"嗯,小慧说昨天夜里有人敲门,还低声喊她的名字,她一激灵就醒了,吓哭了。"

小崔说:"不是孩子做梦吧?"

"不是,她说她一哭,屋后的警察就来了。"

老张问:"哪来的警察?"

葛巍解释说:"这还是许英安排的,连海他们出事后,我在他们家那条胡同,布了两个警察保护孩子。"

郭光宇接着讲:"警察一跑过来,门外的人就不见了,夜里太黑也没找见人,就是窗户纸上留了个血手印。"

听到这里,许英眼睛一亮:"大伙穿衣服,咱们去一趟。"

四

正月十五,桓仁。

浑江冰封雪盖,对岸是莽莽雪山,远远地有人驾着马车在两岸往返,马蹄嗒嗒,有规律地敲打江面。许英和郭光宇站在江边,四野无人,北风不时吹起浮雪,恍如白色烟尘。远远地传来一阵阵鼓声,节奏怪异,透着一股邪气,和当地击鼓的方式不同。

郭光宇两眼布满血丝。他侧过头看着许英:"为什么不能考虑我的方案呢?"

许英没有答话,平静地望着家乡的江面。

郭光宇焦急地说:"篝火狐鸣,独眼石人,历史上这些例子多的是。老百姓蠢得很,他们听不懂别的道理。"

许英转过头,盯着郭光宇:"如果我们变成了他们,未来的胜利还有什么意义。人民,不能被愚弄。"

被抢白一番,郭光宇略有些尴尬,他急冲冲地反驳道:"这些虚头巴脑扯犊子的话,现在啥用没有。这是你死我活的战争啊,能赢才是最重要的,怎么赢不重要。"

许英笑笑,夸他这几个月东北话进步很大。他岔开话题,从衣兜里掏出几枚铜钱,铜钱里混杂着一枚铜制珐琅校徽。校徽的中央是一枚六芒星,六角涂黑,中间是"大夏"两个字,六芒星下面围着一圈英文:THE GREAT CHINA UNI。许英摩挲几下,把这枚校徽放到郭光宇手里:"自卫军成立后,你要是回上海,替我把这枚校徽送回大夏大学,你知道交给谁……"看着郭光宇还是一脸愁绪,许英拍拍他的肩膀:"你还记得我们当年在上海的约定吧,'光华''大夏'合起来就是'光大华夏',伟大之中国,总要有牺牲。"

说完,许英转回头,大踏步走向县政府门前的土场,郭光宇急忙跟了上去。土场上的积雪被压得平整,四周用煤灰画线,圈出正中好大一片。场地中央,用松木垒起一个高台,台面上铺着黑毡，黑毡上摆着十二张条案，条案上摆上十二道清供，供奉冥道十二神：天曹、地府、水官、北帝大王、五道大王、泰山府君、司命、司禄、六曹判官、南斗好星、北斗七星、家亲丈人。高台下，东西南北设置四面大鼓，鼓身用的上好榉木，径长一米，两面蒙着熟牛皮。高台北面，二十步开外，立着两根杆子，乍看起来像是两根索罗杆。只是这两根杆子的杆顶，不像索罗杆摆上锡碗，而是横贯着两根木头，就像横着插进来一双筷子。上面那根木头是弯的，两头高中间低，像个马鞍子；下面那根木头是直的，穿进两根柱子里。许英一眼就认出，这是日本的鸟居，人与神两个世界的交界。鸟居下面，雪地上一道煤线相隔，就是土场上过年时摆放的龙凤冰雕，现在被日本人这套摆设，映衬得局促。冰凉剔透的龙睛凤目，冷冷地打亮着眼前这一切。冰雕的龙角凤爪上，绑上了彩色灯笼。黄昏时分，还没有掌上蜡烛，五颜六色的纸灯笼随风晃荡，透着一丝诡异。

土场四周，熙熙攘攘，全城的百姓都来了，踮着脚，带着板凳，围得水泄不通。老张和小崔也挤在人群中。老张戴着顶大皮帽子，脖子上套着围脖，两只大手，把小虎小慧护在身边。小虎和小慧手里拿着一串糖葫芦，紧紧贴着老张的腿。老张身后还站着一个人，一身黑袍子，一条墨绿色的大围巾，密密实实地包头蒙脸。小崔这边站着赵三，似乎被日本兵吓破了胆，满眼惊恐，双脚虚浮，被小崔的胳膊牢牢挽着。赵三的后面，站着卖豆腐脑的老孙头，双拳攥紧，望着场子里的日本兵，两只眼睛似要喷出火。老孙头身边，站着变戏法的瘦老头，一只手拎着宝剑，一只手搂着他带的孩子，孩子站在箱子上东张西瞅，远远地望见许英和郭光宇挤进人群。许英从变戏法的老人身边经过，微微颔首。老人点头还礼，犹豫一下，低声说："许先生，有生之气，有形之状，尽幻也。"许英恍然一笑，低声对曰："穷数达变，因形移易，幻化不异生死。"老人拱拱手，让出身前路。许英走到人群最前面，看着日本兵趾高气扬地晃来晃去，把老百姓和场子里的祭台、鸟居隔开。在日本兵和老百姓中间，还站着一圈当地的保安大队，葛巍带着人神情凝重地维持着秩序，和日本兵之间没有半句言语。土场中央，兴津良郎殷勤陪着贺茂藏。这老人戴着乌帽，身着紫黑色的狩衣，下着指贯袴，手拿蝙蝠扇，仿佛从平安时代穿越而来。

桓仁的乡亲们没见过这样的排场。当地常见的祭典是七星祭，秋季九月后挑一个北斗闪烁的夜晚，在房子西窗外烟囱后面摆上祭桌，桌上摆着七盏油灯碗，七个香碟，七盅米酒。祭桌旁往往摆个小桌，放一头祭猪，口噙五谷，面朝北斗，全族的人依次跪拜。而像今天这样的场面，老百姓都很茫然，被赶着来围观，权当凑个热闹。只有许英知道，这是阴阳道赫赫有名的天曹地府祭，祭奠亡魂，收拾人心。

只见贺茂藏步罡踏斗，正要登台，许英从人群中咳嗽一声，坦然走进场内。有日本兵作势要拦，被身边的警察挡住。另外过来两个警察，想将许英拉回到人群中。许英捻指低吟，听不清念叨什么，朝两个警察脚下各丢出一枚铜钱。两个警察仿佛被突然催眠，直挺挺地各来了一个僵尸摔，躺在雪地里一动不动。全场瞬间惊呼，兴津良郎慌忙看向贺茂藏，低声问道："这是支那的阴阳师？"贺茂藏颇为惊愕，又有一点不屑，表情阴晴不定。

许英长身鹤立，站在贺茂藏面前，周遭的日本兵冲了过来，贺茂藏摆摆手示意退下。他眯着眼睛打量着许英，用带点京腔的中国话说："你就是从哈尔滨来的许英？"

许英点头："原来贺茂藏先生的中文讲得这么好。"

贺茂藏说："你知道我是谁？"

"据说你是日本第一流的阴阳师，平安时代贺茂家的后人。"

"你今天还敢来？不怕死吗？"

此言一出，全场鸦雀无声。人群中的郭光宇他们手心都是汗，葛巍向身边的警察使眼色，暗暗把手扣在扳机上。

许英目不转睛地看着贺茂藏："怕，听说你会隔空杀人。"听到这句话，贺茂藏不仅露出几分得意的神色。许英环顾着周围的乡亲，周围的乡亲们也望着他，望着这个桓仁长大的孩子，眼神中流露着担心。他深吸一口气，缓缓地说："我更怕的是我的家乡，中国的大好河山，落在你们手里。"

贺茂藏也有准备，努力做出一副和善的表情，对许英说："许先生，你和你的那些同志，我相信都是识时务的人。日中两国，同种同洲，今日之世，系黄种白种之竞争。而我日本，正是亚细亚文明之传承者……"

许英打断他的话："贺茂藏先生，我国有位青年作家叫郭沫若，他写过一篇文章，我在上海读书的时候恰好背过：'夫以仁道正义为国是，虽异文异种，无在而不可亲善。以霸道私利为国是，虽以黄帝子孙之袁洪宪，吾国人犹鸣鼓而攻之矣。'"许英背完这段话，像是要给贺茂藏翻译，转身对着民众说："咱们中国人，看重的不是长相，不是长得像中国人就是好人，看重的是心里的道义。"

贺茂藏眼露凶光："许先生读书多，'真理只在大炮射程之内'，这句话你应该熟悉。现在哈尔滨已是王道乐土，你们那个省委，恐怕被碾成这雪地里的泥土了吧。"

许英朗然一笑："血沃我乡我土，有何不可。你们也许能跨过地面上的长城，但是无法跨过我们血肉的长城。"

贺茂藏恼羞成怒地说："既然事已至此……"

许英摇摇手："精彩的部分才刚刚开始，稍安勿躁，我给你变个戏法。"说罢他吆喝一声，刚才倒在雪地上的两个警察，嘻嘻哈哈地拍打着警服上的雪，就这么站了起来。

乡亲们一片哗然，贺茂藏脸色铁青。许英左右走了几步，对众人说："父老乡亲们，想必大伙听过这个谣言，说是日本人法术了得，隔空杀了两个抗日义士。赵三，赵三你出来，这话是你传的不是？"

小崔狠狠地推一把赵三，赵三一个趔趄，摔在雪地里。他仰头看着许英，又偷偷瞄了一眼贺茂藏，舌头打颤，说不成话。

许英说："这世上哪有什么阴阳家的法术。赵三初四晚上回来那天我就怀疑，这个赵三，信誓旦旦，讲得流畅至极，就像是提前背过。初五早上，我们在孙大爷的店里，遇到小虎小慧。两个孩子居然拿得出银元。我当时在孩子们的兜里仔细拍了拍，兜里还有不少。这钱哪来的？我当时就想，这莫不是唬人的戏法？"人群中变戏法的瘦老头，听到这句话，脸上露出一丝笑意。许英在初五当晚，找到他请教了诸多戏法的细节。

许英继续讲："后来我想，赵三这种小喽啰，日本人不可能给他透底。赵三原来确实是张凤阁家的草房伙计，连海、淑梅除夕当天去唱戏，也是赵三介绍去的，但却是连海、淑梅主动找赵三这个老乡介绍的。连海、淑梅被杀之后，赵三没有跑，也跑不成，当时就被日本人控制起来。日本人威逼利诱，教他怎么把事情传回来。赵三经不住吓，就答应了。"

"那连海、淑梅为什么主动找的赵三？想到连海家凭空多了一袋子银元，想到孩子们不懂事拿着银元到处玩，也就明白了。连海的尸首我们找到了，死在枪伤，从后背贯穿进去的，身上其他地方都没啥异常。小日本是初五那天把连海送出去埋的，应该是事发后双方没有谈拢，连海往外跑的时候被打死了。恐怕小日本在演这场戏之前，就有了杀人灭口的心思。连海、淑梅他们只有真死了，这场戏才演得真。贺茂藏先生,我猜得对吧?"

贺茂藏哼了一声,也不言语。

"我们打听到,小日本把连海、淑梅都运出去了,想凿开江面扔进浑江里,活不见人,死不见尸。小日本想把淑梅活埋,地里上冻,小日本埋得浅。淑梅命大,用头上戴的铜簪子,愣是把坟包挖开了。"说到这里,许英招招手,"淑梅,你出来见见大家吧。"

小虎小慧身后的黑衣人,拉开围巾走出来。一张苍白的柳叶脸上,横七竖八都是伤口,看来是被埋进土里的时候,被石子、树枝之类划的。淑梅眼神如怨鬼,死死盯着贺茂藏。兴津良郎看到淑梅,嘴里发苦,明白自己也是被贺茂藏愚弄了,什么斯拉夫人的阴魂阵,这老东西编得栩栩如生。但兴津良郎不清楚这是贺茂藏的意思,还是本庄繁司令的计划,自己一个小小的领事也不敢和关东军发作。贺茂藏被戳穿后,不见了装腔作势的傲慢,拿着蝙蝠扇的手似在颤抖,恶狠狠地对着淑梅也对着许英说:"大日本皇军碾死你们,不过是早几天晚几天而已。"

许英厉声回答道:"蕞尔岛国,妄想以蛇吞象!你们的军队南下北上,不过是守着铁道线调动。要是有足够的兵力分兵辽东，也不用设计出这场把戏，装神弄鬼，妄图以此动摇我辽东军民抗日之决心。你们终究只是学到了中华文化的皮毛，殊不知在这中华民族的危险关头，不愿当奴隶的辽东人民，不愿当奴隶的四万万中国人，抗日之决心，绝无可能更改。"

此言一出，人群潮动，四周的乡亲们激动地鼓起掌来，老孙头等人眼含热泪，想起多年来所受的欺辱，从心底深处喊一声好。日本兵看势头不对，纷纷举枪；葛巍早有准备，立刻招呼保安大队举枪回应，自己则拔出花口撸子，指着场内的兴津良郎等人。贺茂藏阴森地指着许英："许先生，你想过没有，万一你这番推理从头就错了，不识得我大日本阴阳师的神通呢？"

许英大笑："那不妨现在就隔空掐死我，为你们阴阳道正名。"

贺茂藏一甩手，狩衣袖子里有个暗兜，里面有一把勃朗宁袖珍手枪。他甩枪在手，阴冷一笑，瞄着许英。人群中郭光宇等人惊呼不好，正要冲上去，却被汹涌的人流绊个跟头。周遭乱纷纷地，只看见无数条腿，无数双棉鞋、靰鞡鞋、毛毡靴子从眼前涌过去。一声枪响，像一场雪崩，轰然响在耳边。

尾　声

一九三五年，上海。

北京路贵州路路口，金城大戏院门前，清晨一场急雨，满地梧桐落叶。郭光宇穿着双排扣灰色呢子大衣，礼帽的帽檐压得很低，在戏院门口买了一张田汉编剧的《风云儿女》。田汉曾是大夏大学中文系的青年教师，郭光宇也旁听过他的课。平日里郭光宇常去霞飞路迈尔西爱路口的国泰大戏院，或是静安寺路50号的大光明电影院，来到金城大戏院，还是第一次。他坐在戏院后排的角落里，攥攥大衣兜，里面有一份国际饭店的蝴蝶酥。包着这份蝴蝶酥的报纸有两层，上面一层是当天的《申报》，下面一层是从巴黎秘密传进上海的《救国报》，印刷着《八一宣言》。

《风云儿女》的主题曲名为《义勇军进行曲》，在回沪后的一次聚会上，郭光宇听田汉讲过，这首歌就取材自东北当地义勇军的抗战。歌曲响起的那一刻，黑暗中的郭光宇潸然泪下，恍惚回到了那片黑土地。他想起三年前的春天，站在桓仁师范学校的广场上，望着苍翠的松枝扎起的牌楼高高耸立，牌楼两侧悬挂着红绿的彩绸，映着瓦蓝瓦蓝的天空，在北国的春风里高高飘荡。唐将军骑着高头大马进场，军队、警察、学生列队而行，辽东十四县的代表，在牌楼下"誓师起义"的匾额下鱼贯而入。桓仁、通化、宽甸、新宾、长白、抚松、辑安、临江、安图、金川、辉南、柳河、岫岩、庄河，军民一体，改旗反正。主席台前升起"辽宁民众自卫军"的大旗，彩旗翻动，鼓号齐鸣，摩肩接踵的人群，激昂慷慨的宣誓……

誓师大会结束后，校工们忙着爬上幡杆，取下彩绳上系着的三角旗；他帮忙收拾桌椅，踏过从热闹中重回宁静的操场，站在许英宿舍的门前。门上挂着一把锁，窗纸略有破损，窗棂上满是灰尘。他想起那个夜晚和许英的长谈。当时他们已经找到躲在菜窖里的淑梅，葛巍也带人去六道河子把赵三抓了回来，逼他说出了真相。他想到一个借力打力的方案，建议许英也演同一场戏，在小日本的台子上做些手脚，破了他们的天曹地府祭，让老百姓相信老天保佑的是自卫军，以此支撑老百姓抗日的意愿。许英坚定地回绝了他，表示抗日的队伍不当五斗米也不当黄巾军，靠着虚假的宣传来控制民众斗争，拿民众当工具当牛马，就走上了革命的歪路。最好的启蒙，就是和民众站在一起，把真相告诉民众。他总是无法说服许英，经过这几年的所见所闻，目睹多少人前赴后继地牺牲，他想，许英是对的。历史不是一个谜，历史是一条道路。就像他读到《八一宣言》时的激动：东北数十万武装反日战士，前仆后继的英勇作战，在在都表现我民族救亡图存的伟大精神，在在都证明我民族抗日救国的必然胜利。

电影散场，天色阴郁，秋意萧然，戏院隔壁咖啡馆的灯光，隔着玻璃窗上的镂空窗纱，透出丝丝橘黄色的暖意。他紧紧大衣，搭上电车，赶往沪西的大夏大学，要送出衣兜里这份特殊的蝴蝶酥。他在一九三二年夏天回到上海时，大夏大学已然物是人非，搬到了如今的中山路校舍。这几年漂泊各地，他一直没有忘记许英的嘱托，只要有机会去大夏大学，那枚六芒星校徽就一直带在身上。

他到得早了些，从中山路的校门进去，先去丽娃栗妲河转转，也寻不到美酒、音乐、旧俄的名媛，倒是有一湾绿水，绿荫如幔。他散步到校园中央的群贤堂，穿过群贤堂前那四块"田"字型的草坪，凝望着草坪中央旗杆上飘扬的大夏大学校旗。一阵风起，吹动草坪上的落叶，传来大饭堂的菜香。他从怀中取出许英交给他的那枚校徽，想起许英讲给他的大夏大学的过往……出神的一瞬,在秋日的暮霭中,远远地,一个酷似许英的穿长衫的人,就依在群贤堂前的爱奥尼柱下,微笑着向他招手。

04

大地之歌

第一乐章　愁世

> *放眼望！月明里，坟茔上，*
>
> *蜷伏着鬼魅般的形象。*
>
> ——《大地之歌》

一九三八年十一月九日，深夜，柏林大学。

校园西北角，一栋爬满常春藤的三层小楼，就是物理系的办公楼。楼前有一座威廉·洪堡先生大理石坐像，建校之父双足交错，欲坐似立，一脸愁思地凝视远方。站在楼顶向西望过去，可望见腓特烈大街上的咖啡馆和百货公司；向东眺望，目光越过德国历史博物馆，就是默默流淌着的施普雷河。此刻整栋楼安静得像午夜的教堂，只有尤纳坦教授拉着约翰娜缓步上楼的脚步声。

走廊窗边，腓特烈大街的方向隐隐有火光，不时传来橱窗被砸碎的咔嚓声，以及令人战栗的尖叫与狂笑。铁十字窗的玻璃上，映出约翰娜忧郁的面容，像一只受惊的黇鹿。尤纳坦教授轻抚女儿的肩膀，一边找着钥匙，一边低吟起《耶利米哀歌》：

"追赶我们的比空中的鹰更快。他们在山上追逼我们，在旷野埋伏，等候我们……"

两个人推门进来，尤纳坦教授没有开灯，点亮写字台上的银质九灯烛台。作为物理系的学生，父亲这间办公室，约翰娜已经来过多次。进门是那面巨大的黑板，写着一堆潦草的公式 $U+n \rightarrow Sr+Xe+2n$。黑板下是尤纳坦教授的写字台，写字台上堆着学生们的作业，还有几本物理学的期刊。写字台左边是一面墙的书架，密密麻麻地摆着几层书，不仅有《塔木德》，有物理学和数学方面的著作，还有一套魏玛版的《歌德全集》。全集前摆着一张照片，是一九二七年尤纳坦教授参加索尔维会议的合影，他站在年轻的德国物理学家维尔纳·海森堡身后。写字台的右边是一扇窗，依稀看到勃兰登堡门胜利女神像的轮廓。窗下摆着一台德意志留声机,硕大的金色喇叭对着写字台。窗边的墙上,挂着一幅中国水墨山水,远山苍茫,天水相连,粼粼江面上一道拱桥,在江面上映出淡淡倒影。

尤纳坦教授拉开写字台的抽屉,翻出一个黑色笔记本,麂皮封面,印着一颗银白色的大卫星。封面上粘着一张小纸条,纸条上写着两个字母和一个数字:D2O。尤纳坦教授把小纸条撕下来,凑近烛火,凝视着火焰化为黑色的灰烬。笔记本还夹着张明信片,约翰娜走到尤纳坦教授身后探头去看,明信片上的风景是一片苍苍莽莽的雪山,写着一串她不认识的语言。尤纳坦教授犹豫不决,似乎也想借着烛火把明信片烧掉。约翰娜小声问:"爸爸,这是什么?"尤纳坦教授将笔记本放进羊绒大衣的暗兜里,摸摸她那头黑色卷发:"孩子,这是个很长的故事。我发过誓,要向上帝保密。"

说完这句话,尤纳坦教授站到书架前,在歌德诗集的旁边,抽出一本薄薄的书,封面上印着Die chinesische Flöte(《中国之笛》),画着一位衣袂飘飘的吹笛仕女。尤纳坦教授转身对约翰娜说:"孩子,记得我让你背过这本诗集么?"

约翰娜接过书,随手翻开,轻声念起来:

朋友，时辰已到，高举金樽，

一饮而尽莫彷徨！

黑暗主宰生命，黑暗即是死亡。

尤纳坦教授沉吟道："这是中国大诗人李白写的《悲歌行》，是时候了，我们要离开柏林。"他精通中文，曾在清华大学教过一年物理学，平常也教约翰娜一些简单的对话。约翰娜常常听父亲提起中国，她在父亲教给她的唐诗里，想象性地游历过中国的山川。

"我们要离开德国？"

"嗯，要走过半个地球，从地中海过红海去东南亚，从东南亚去香港，从香港去上海。"尤纳坦教授安慰约翰娜说，"我们也会顺利跨过红海。"

今晚之后的德国，不再是犹太人的家乡，但要去遥远的东方，约翰娜还毫无准备。她悲戚地抱住爸爸，尤纳坦教授拍着她的手，沉默地环顾着办公室。他从留声机的唱盘轴上，取下一张唱盘，交给约翰娜："把这张唱盘和这本书放在一起。"

约翰娜接过来，这是父亲最喜欢的《大地之歌》，犹太音乐家古斯塔夫·马勒的代表作,这部交响乐正是改编自《中国之笛》的唐诗。两个伟大而陌生的文明,在这张唱盘中交汇。父亲常常说,音乐、诗歌、物理,包含着这个世界最深刻的秘密。

收拾好书和唱盘,锁好门,尤纳坦教授带着约翰娜悄声下楼。黑黝黝的楼道显得过于宁静,仿佛隐藏着莫名的恐怖。他们小心翼翼地沿着校园里的小路,借着菩提树的浓荫与主楼的阴影,走到校门口的大街。大街上的人群已然消散,像野兽退回到密林中。只余遍地碎玻璃,折射出苍白的月色,像一片阴森森的地狱水晶。

第二乐章　秋影

> 我来到此地,心仪的休憩之地!
>
> 给我安宁,予我安慰。
>
> ——《大地之歌》

秋雾弥漫,笼罩着丽娃河中的残荷,笼罩着岸边萧瑟的法国梧桐。雾气渗进沿河而筑的公寓，飘过卧室里的柳桉拼花地板，餐桌上的木筷和铜勺，书桌上摊开的《李太白全集》。雾气飘在河道上，笼罩着西岸的丽娃栗妲村，笼罩着东岸的大夏大学。两年前淞沪会战爆发，日机轰炸，三百多亩的校园，科学馆、体育馆、图书馆、中学部办公楼、群力斋（男生宿舍）、群芳斋（女生宿舍）等等，多半沦为断壁残垣。雾气从这栋建筑的窗口钻进去，从另一栋建筑的大门钻出来，沾染着瓦片上弹药的余烬，仿若一群灰羽的鸽子。雾气最后来到残存的群贤堂，沿着门前的四根爱奥尼柱盘旋，摩挲着石柱上的弹痕，最终落在大草坪上，化为深秋的晨露。

在这片白茫茫的迷雾中，徐涵秋一袭长衫，从河边公寓下楼，缓步走向校园的东门。他穿过校园的水杉林，避开路上的荒草瓦砾，偌大的校园，清晨只余几声鸟鸣。一九三七年淞沪会战后，大夏大学多数师生从上海经庐山内迁贵阳，称为黔校，留沪部分则称为沪校，校务受黔校指导。沪校先是在福煦路慕尔鸣路的大夏中学校内设立大夏大学办事处，并在一九三八年三月租下新大沽路451号作为临时校舍复校。复校不久，在当年九月搬到法租界祈齐路197号，一个月后又搬到公共租界的静安寺路1051号，从曾任上海总商会会长的虞洽卿处借得重华新邨的房舍。到了重华新邨，沪校大致安顿，经过一年来发展，有注册学生九百余人。徐涵秋是国文教师，今早第一节是他的唐诗课。东门外的中山路上，祥生出租车公司的司机老黄，已在一辆黑色福特边上殷勤候着。

徐涵秋向老黄颔首招呼，老黄打开车门，含笑着迎他上车，又左右看一眼，确定周遭没人，拉起米黄色的车窗百叶帘。车子发动，老黄收敛笑容："那个德国教授出事了。"

徐涵秋一惊，尽管车里只有他们两个人，他还是压低声音问："出了什么事？"

老黄介绍起相关经过，组织上几个月前通知他们：一位德国犹太教授计划从柏林来上海避难，正面临着盖世太保的追捕。该教授物理学造诣颇深，曾经秘密地帮助欧洲某国研发重水工厂。这次的随身行李中，据说有一本物理学笔记，上面记录了一种威力巨大的炸弹研发。这位教授去年冬天带着女儿离开柏林，在维也纳躲了几个月，通过中国驻维也纳总领事何凤山拿到签证。维也纳领事馆里的工作人员将此事透露给组织，从维也纳开始，组织上的人开始暗中保护他们。教授一行从维也纳到意大利的里雅斯特港，坐船去马耳他。

经马耳他过苏伊士运河，跨过红海到孟买。从孟买经科伦坡到新加坡，从新加坡到香港，一路辗转，几次躲过盖世太保的追缉。最后在香港坐英商太古公司的客轮来上海，但是船上混进两个盖世太保的人。客轮快到吴淞码头时，这两个盖世太保找到这个教授，双方为争抢一个黑色笔记本厮打起来，教授失足跌进江里。组织上的人扮成码头工人，上前捅死了一个盖世太保，另外一个盖世太保落水，落水前把黑色笔记本撕去一半。

徐涵秋问道："教授救上来了？"

"江水湍急，他和盖世太保都无影无踪。当时来不及细找，日本人好像也知道消息，码头一带有很多宪兵。"

徐涵秋叹息一声："另一半的笔记本呢，在教授女儿那里？"

老黄说："教授的那个女儿哭得快昏死过去，我们的人把她转移到小船上，避开日本兵。码头安排几辆木板卡车，把这船犹太人运到虹口的救济所。我们也送她到救济所，华德路飞马咖啡馆的德国老头接的她，这个女孩说对方是她父亲的朋友，来上海之前教授给他写过信。"老黄又指指车后座："至于那个笔记本，就在你的坐垫下方。"

徐涵秋抬身摸索,摸到这个笔记本。这个笔记本残留前半部分,字迹凌乱潦草,混杂着物理公式。引人注目的是,每一页的右下角,都用罗马数字标注着页码。徐涵秋熟悉德文,但是多年没有接触过物理学,这些公式对他如同天书。这时老黄说道:"这本笔记有暗码。"

"哦?"

"我们请信任的专家看过,那些物理学知识都是正确的,但彼此的衔接顺序不对,被教授重新装订过。就像《长恨歌》或《春江花月夜》这类唐诗,教授故意打乱诗句的排序。我们的任务,就是既要找回笔记本的后半部分,又要破译编码的方式。"

徐涵秋一边认真听着,一边翻阅着笔记本。他发现每一页上的笔迹,总有一句和物理学没有关系。比如他翻到的这一页上,有这样一句德语:Wie ein Halbmond steht die Brücke, Umgekehrt der Bogen。徐涵秋试着将这句话翻译成中文:"拱桥颠倒,恰如明月。"他拍拍老黄的右肩:"这个笔记本上真得有一些诗句,像是唐诗。"

老黄很平静,似乎已经发现这一点:"涵秋,这就是组织上安排你完成这次任务的原因。你是唐诗专家,英语和德语都好,听说你连挪威话都会说,这个笔记本交给你了。"

老黄开车和他说话一样沉稳,不知不觉中,车子已经拐上静安寺路。晨曦淡淡地照亮静安寺。路上的车子开始多起来,先后有一辆军队里的铁甲车和六轮大货车轰隆隆驶过,汽车、电车在路上穿梭,不时地响起喇叭声,司机伸长胳膊,在空中划着圈,向后车打着拐弯的手号。黄包车在路边疾行,穿过被称为老虎车的双轮货车和独轮车,灵活地躲避着进出弄堂的牛奶车和收粪车。徐涵秋拉开一角车窗窗帘,看到路上高高的站岗里,巡捕衔着哨子踞立着;报馆楼下几个报贩节奏飞快地折叠着报纸,有几个女学生站在旁边等电车;工厂的汽笛悠长地响起,一群女工说着话赶往工厂,迎面走来百乐门放工的舞女。汽车掠过米店酱园,戏馆影院,缀着风车霓虹的荷兰菜馆,橱窗整齐地摆着皮鞋的捷克鞋厂,门口摆着"蒸沐汽浴"大减价牌子的土耳其浴室。上海的早晨,雾气渐渐散去,有一种莫名的忧伤与神秘。

徐涵秋曾是左联会员,经周扬介绍入党,身份一直隐藏得极深,在热闹的上海文坛是个隐形人,偶尔用化名做一些诗歌翻译的工作,以及一些不具名的海外宣传。大夏大学南迁后,他一个人住在荒废的校园里,参与组织上的行动,对他是第一次。

离重华新邨还有一段路,老黄压低车速,嘱咐徐涵秋如何与约翰娜见面。组织上的人救了约翰娜后,跟她约定见一次面,告之教授下落。约翰娜从一本书里撕下一页,请接头的人带着这页纸来找她。老黄说着说着,一手开车,一手从怀里抽出一个信封,递给后座上的徐涵秋。徐涵秋抽出来端详,似乎是一本诗集的一页,第一行字写着:Junge Mädchen pflücken Blumen。

"采摘花朵的佳人,"徐涵秋喃喃自语,"佳人……"

第三乐章　佳人

> 佳人中的佳人啊,
>
> 她不动声色,冷艳傲然
>
> ——《大地之歌》

日本海军特别陆战队司令部,一座黄褐色的庞然巨物,横亘在虹口的北四川路上,正对多伦路。这座四层钢筋混凝土大楼，从街口延伸向街尾，像一艘野蛮的军舰。楼顶天台上有一座水泥舰塔，舰塔的旗杆上，是一面血红色的旭日旗。

四楼特别陆战队参谋室的会议间，暗红色木地板，褐黄色墙壁，一张铺着军绿色毛毡的长桌，四周摆着几把靠背椅，桌上摆着一部拨盘电话。盖世太保海因里希少校一身挺括的纯黑党卫军制服，皮靴和帽檐上的雄鹰闪闪发亮。他端着一杯咖啡站在窗边，眼神淡薄而冷酷地向东望去，三公里外就是犹太人的摩西会堂。摩西会堂附近的华德路、兆丰路、汇山路一带，就是上海犹太人的定居地。

在吴淞码头落水后，不确定周围的安全，海因里希憋着气游了一段，被一队巡逻的日本兵救起。看到是德国军官，日本兵将他礼送到司令部，交给驻沪日本特务机关的机关长影佐祯昭。

海因里希拉过来一把靠背椅坐下，松松领子，这身新衣服还是有点紧。他的嘴角浮起一丝嘲笑，日本人总是很难想象德国人的身高。他摸摸内怀里的笔记本，落水那一刻，他就急忙把笔记本揣进防水防刺的暗兜里，他明白这个笔记本万分重要。只是到现在，他也吃不准动手的中国人是谁，但直觉告诉他是共产党人,他见识过那种坚定而锐利的眼神。他曾经查封过一间为德共印制宣传材料的柏林印刷厂,绞死过里面的德国共产党人,无论是蓝眼睛还是黑眼睛,那种眼神是相似的。

会议室的前门被推开,一个戴着圆框眼镜的日本军官缓步走进来。来人近五十岁的年纪,眉眼温和,鬓角发白,前额半秃,有几道深深的皱纹。斯文的面容,乍看起来不像军人,倒像是东京大学的教师。海因里希认出此人是影佐祯昭大佐,日本特务界的传奇,就是他在去年年底策反了中国政府二号人物汪精卫。海因里希扯扯军装,挺身站起来。

影佐祯昭含笑招招手,请他坐下,又叫门外的翻译官进来。一个梳着蓬松东洋鬓的青年女子,一身灰色文职人员打扮,面无表情地走进来,坐在影佐祯昭身侧。影佐祯昭先是问候海因里希身体如何,是否受伤;又闲聊一会儿波兰战役,盛赞德国集团军的战术。话里话外,只在海因里希的任务外围打转。海因里希对于这种亚洲式的聊天很不耐烦,走到如今地步,势必要和占据上海的日本人合作,拖得越久,越难以找到另一半的笔记本。他来亚洲之前,也受命可以在必要时与日本人合作,一九三六年底两国签约《反共产国际协定》

后，双方也有事实上的准同盟关系。想到这里，他直接向影佐祯昭讲起这次任务。影佐祯昭眯着眼睛，认真地听着海因里希的介绍，身侧的翻译官在不停地记录。

海因里希讲，他这次负责追踪的尤纳坦教授，是柏林大学的重水（D_2O）研究专家，曾帮助欧洲某国建立一个秘密的重水工厂，这也是全球唯一的一家。重水是一种非常重要的原料，对于研究某种"神奇武器"必不可少。但是这种武器是什么，这间重水工厂位于哪里，并非他保密，他的权限内只知道这么多。影佐祯昭点点头，插话道："这就是传闻中的核裂变武器吧，贵国《自然科学》杂志上，今年一月公开发表了发现铀核裂变的论文。"

海因里希一愣，影佐祯昭显然有备而来。

影佐祯昭笑眯眯地问："我所好奇的是，贵国为何会允许论文公开发表？"

海因里希讷讷地说："这类理论物理学的论文，往往是发表之后，才被发现还有军事意义。"他又补充说："而且有人在美国的物理学会上，已经公开宣布了这条消息。"

"是那个叫玻尔的丹麦物理学家吧，他在今年一月发布的消息，我们也知道了。"影佐祯昭平静地说。

海因里希感到一丝惊讶:"大佐原来也在关注这种新武器。"

影佐祯昭笑了一下:"我还知道你们的奥托·哈恩教授,他正在领导你们军方这个项目研发。"

海因里希一时无语,他切身感受到这个日本特务头子的信息搜集能力,也有些奇怪为什么影佐祯昭对他如此坦诚。刺探盟友的动作,大家都在做,但毕竟见不得光。既然瞒不住,海因里希只得告诉影佐祯昭,奥托·哈恩教授就是尤纳坦教授柏林大学的同事。

"你们为什么会放尤纳坦教授离开呢?我是说,如果他也是一位优秀的核物理专家的话。"

"是他自己逃跑的,"海因里希耸耸肩,"他是犹太人。"

影佐祯昭盯着海因里希的眼睛,在这双深蓝色的眼睛里,似乎一闪而过对于亚洲人同样的傲慢。影佐祯昭沉默片刻,继续问:"这位尤纳坦教授带走了什么?"

海因里希迟疑一下,还是决定告诉影佐祯昭:"他从柏林大学带走一个笔记本,笔记本上面是关于重水的研究。"

"你们在船上是否拿到这个笔记本?"

海因里希皱着额头思考,他已经没有秘密可言,这里是日本人的司令部，除了和日本人合作外别无选择。他从怀里掏出那个笔记本，裹在一层透明的薄纸里，"只有下半部分，在船上时撕开了。"

"对方是什么人？"

"也许是国民党，也许是共产党，也许就是当地的黑帮。看起来更像是共产党。"

影佐祯昭点了点头，并没有急着接过这个笔记本。他示意海因里希休息一下，喝咖啡，或是泡着糙米和绿茶的玄米茶。海因里希喝不惯日本人那种爆米花茶，他更习惯黑咖啡的凛冽。影佐祯昭从翻译官手里接过来一杯玄米茶，抿了一口，问出最关键的一个问题："在这个笔记本上有什么发现吗？"

海因里希翻开笔记本，无奈地摇摇头："页码的顺序是混乱的，就像是一封密电，我们需要对应的密电码。"海因里希指着每页上的诗句说："这种编码的方式很奇怪，每一页都有一句古怪的诗，荷花、亭子之类，像是亚洲人写的。"

影佐祯昭温和的眼睛骤然亮了一下，越是离奇的线索，对这个特务头子越刺激，他似乎天生就是为情报而生。他又喝一口玄米茶，问道："海因里希少校，你需要我们大日本皇军提供什么帮助？请直接告诉我。"

海因里希坐直身子："希望大佐帮助我找回笔记本。"

影佐祯昭微笑着说："我们作为盟友责无旁贷，不能让少校你孤身奋战。"

似乎是为了挽回面子，海因里希口无遮拦地说："我们还有一个人，谁也想不到的人，连尤纳坦教授本人也一直蒙在鼓里。"

"哦？"影佐祯昭礼貌地表现出好奇，但看起来并不惊讶。

"一位'佳人'，"海因里希得意地说，"我们早已在尤纳坦教授身边埋下一枚棋子，代号是'佳人'，现在也在上海。"

影佐祯昭端详着海因里希，仿佛端详着刚刚入职的下属，眼神中有一丝惋惜。他似乎想结束这场对话，对海因里希说："贵国这位神秘的'佳人'，令人顿起渴望一晤的心思。我也有位'佳人'，看看和贵国的'佳人'比起来如何？"他低声吩咐翻译官一句，翻译官点头出门。海因里希茫然地喝着咖啡，这杯黑咖啡已经凉透，喝起来满嘴苦涩。就在这时，会议室的后门被轻声推开，一道黑影，浑身罩在黑袍子里，脸上蒙着一个古怪的鸟嘴面具，悄然走进来。海因里希愕然，但看到对方平静地摘下面具，便像老朋友相见一样笑了："你也在这里！"他转而又带着叹服的眼神求教影佐祯昭："大佐怎么会认识'佳人'？"

这道影子也不说话，走到海因里希身后，像亲昵的朋友一样将双手落在他的肩膀上，双手戴着一副黑色羊皮手套。海因里希刚想站起来拥抱，却被这双手突然捂住口鼻！一股迷药的苦味冲进海因里希的鼻腔里，他死命地挣扎，两只手在空中比划，似乎想抓到什么，把咖啡杯也撞翻在地。周围的声音在消失，咖啡杯落在地板上，像落在厚厚的地毯上。视线也越来越模糊，迷迷糊糊地看着影佐祯昭站过来，附身望着他。影佐祯昭平静地说着日语，他已然不在乎这个在死亡线上徘徊的德国人听不听得懂，只是在痛快地撕下压抑许久的伪装："海因里希少校，我们会告之贵国领事馆，在黄浦江救起你的时候，你就已窒息而死。这只能怪你知道'佳人'是谁，很遗憾，我的盟友。当你们几个月前和苏联人签订《互不侵犯条约》的时候，似乎忘记了我们日本人的感受，很多东京的朋友开始劝告我，德国人靠不住。"影佐祯昭说完觉得有些不妥，又面带歉意地对着"佳人"桀桀笑着："当然不包括你，我的'佳人'。"

第四乐章　青春

> *池面宁静，倒映出*
>
> *景物奇趣的镜像*
>
> *——《大地之歌》*

"邱小姐？"徐涵秋倚在飞马咖啡馆的吧台，轻声问候。

约翰娜回过头，放下手里正在清洗的高脚杯。这间飞马咖啡馆开在华德路，隔壁左边是玛丽糖果店，芭菲、红豆沙、水果宾治盛在玻璃器皿里；右边是安娜贝拉时装店，橱窗玻璃上用中文和德文分别贴着"大衣三折"的广告，像一幅中西合璧的对联。这一片是犹太人聚居区，爱尔考克路、兆丰路、汇山路上的几家犹太人收容所相邻不远，这几年从德国、奥地利、匈牙利、捷克斯洛伐克、波兰等地源源不断涌到上海的犹太人，大多住在附近。南边的汇山路上有公园和戏院，东边的荆州路上有供犹太孩子读书的嘉道理学校，犹太人经营的糖果店、咖啡馆、时装店、裁缝店、水果摊、诊所、餐馆就这么拥在华德路。马路对面就是红墙斜顶的摩西会堂。

秋日上午，阳光静谧，暖暖地照在摩西会堂红砖上，照亮墙面一道道蓝色的条纹。

飞马咖啡馆临近中午开门，时候尚早，咖啡馆里只有徐涵秋和约翰娜两个人。老板赫尔曼是个瘦削的德国老头，个头不高，留着犹太人的大胡子。他和沙逊那批犹太人同一年来的上海，别人建起了沙逊大厦，赫尔曼却只是守着自己这间咖啡馆。和往日一样，此刻他正搬把藤椅悠闲地坐在咖啡馆门口的阳伞下，手执长柄眼镜，轮流看着《黄报》和《上海犹太早报》。

约翰娜回头打量这个陌生的中国男子，瘦高的个子，面相清癯，一袭藏蓝色的长袍，围着一条浅灰色的围巾，带黑色软呢礼帽，大概三十多岁的年龄，看起来像是读书人。这个男子身后，正摆着咖啡馆里的落地镜，供客人离开时擦拭嘴边的掼奶油或咖啡渍。不知道为什么，约翰娜也借着落地镜认真地看了看自己，她穿着一套鲜艳的巴伐利亚裙装，敞领，束腰，泡泡袖腕口镶着一圈花边，米黄色打底褶皱裙上，绣着大片大片的蓝紫色矢车菊。毕竟秋意渐浓，约翰娜脚上蹬着一双高筒皮鞋，肩上围着的羊毛披肩，细密地编织着大卫星的图案。经历最近一系列的变故，约翰娜的圆脸有些憔悴，乌木般深邃的眼神中，有一层愁肠百结的幽暗。

"邱小姐？"徐涵秋看见约翰娜不搭话，再次轻声问道，这一次他换成德语。

吧台后的约翰娜注视着徐涵秋的面孔，镜子里的约翰娜注视着徐涵秋的背影，仿佛有一个真实的约翰娜，和一个隐藏着的约翰娜，同时对着徐涵秋说话。她勉强地笑笑，用还算流利的中文说："你好，你也可以叫我约翰娜。"

"邱小姐"是尤纳坦教授在从香港来上海的船上，为约翰娜起的中文名字，"邱"取谐音，来自约翰娜德语名字的第一个音节"JO"。约翰娜下船前，将这个中文名字告之救她的中国人，听到对方这么称呼，她猜到了徐涵秋的来头。

"邱小姐很漂亮，真像采摘花朵的佳人。"徐涵秋微笑着，在高脚凳上落座，把撕下来的那页诗集，轻轻地拍在吧台上。

约翰娜默默收回这张信物，低头不响。

徐涵秋一时也不知说什么好，他端详着吧台后面的酒柜，指着挂着的一个东西说，这看起来很别致。顺着徐涵秋手指的方向，在棕色酒柜的上空，阴沉沉地挂着一个黑色皮革制成的鸟嘴面具，像是一只躲在暗处的鹈鹕。

约翰娜抬头看了徐涵秋一眼："防疫用的。鸟嘴里塞上棉花，可以过滤毒气。"她似乎不想就这个面具多聊，转身为徐涵秋做一杯德式法利赛咖啡，杯里滴几滴朗姆酒，撒上一圈肉桂粉。徐涵秋扫一眼咖啡馆，六七张黑榆木方桌，漆面光亮，围着每张桌子摆上三张椅子，椅背镂空，做出爱心的造型。四周的墙面上挂着一圈德国乡村风味的油画，带着高筒礼帽的盛装男女翩翩对舞，画风夸张，似乎混杂着日本浮世绘的风格。吧台前摆着六把高脚凳，吧台一侧是壁炉，铁打的烟囱管子，从满是烟渍的墙上打洞伸出去；另一侧摆着一台金色旅行箱造型的唱片机，皮箱打开，唱片机里隐隐传出德语的男高音。

徐涵秋凝神细听，听到了这几天他再熟悉不过的德语诗句。他接过约翰娜递过来的咖啡，指着唱片机请她开大一点声音。约翰娜将音量调大，雄浑欢快的男高音流泻而出，她转身问徐涵秋："你也喜欢马勒的音乐？"

徐涵秋不说话，他在长笛与双簧管流畅明快的旋律中，在这首隐隐带着中国风的乐曲中，努力辨识出男高音唱的是：

小小池中平静的池水，

好像一面镜子，反映出

一幅幅奇妙的图画：

全都上下颠倒，

坐在用绿色和白色陶瓷

建成的凉亭中

徐涵秋问约翰娜："这首乐曲是？"

"马勒的《大地之歌》，你听过马勒吗？"见徐涵秋摇头，约翰娜介绍，这是一九一一年去世的犹太音乐家古斯塔夫·马勒晚年代表作。一九〇七年前后，马勒无意中读到诗人汉斯·贝特格用德文翻译的唐诗诗集《中国之笛》，他从这首包含着八十三首唐诗的诗集中挑选几首，由此创作出这部包含着男女声独唱的交响曲。有趣的是，无论汉斯·贝特格还是马勒本人都不懂中文，汉斯·贝特格是参考以往法文、德文对于唐诗的翻译来重新翻译的。

"我爸爸一直想找出马勒借鉴哪几首唐诗创作的《大地之歌》，这是他的一个爱好。"说到父亲，约翰娜的眼神黯淡下去。

徐涵秋抑制着激动的心绪，原来世上竟有这样一首交响乐！他拿到的半部笔记本上，每一页都写了一句其中的唱词，那就意味着,《大地之歌》就是这本物理学笔记对应的密码本。他对约翰娜说:"邱小姐,我可以告诉你我是谁,我们又是谁。请你相信我,我们不是纳粹,我们是朋友。"他看约翰娜犹疑不定,眼神带着不安,又补充说:"我们会尽力找到你父亲的下落。我这次来,是归还尤纳坦教授的笔记本。希望你能帮我们一起破译,这里面记载的秘密,对打败纳粹很重要。"

说到这里,徐涵秋从长衫右侧口袋里取出残存的笔记本,递给约翰娜。约翰娜含着泪光接过去:"谢谢你们,我当时想跳进黄浦江里救他,可惜我不会游泳。"

还是不行!徐涵秋感到焦躁,他站在窗前,吹着夜风,望着对面树影掩映的摩西会堂。这是咖啡馆的二楼,窗下一张深棕色写字桌,摆着绿色玻璃罩台灯,左手边靠墙摆放着一张铁床,床栏雕着七位吹号的小天使。床边墙上挂着一幅模仿日本画家尾竹竹坡的《旭波图》,可能是为了讨好偶尔来检查的日本人,那深蓝色的海浪如雪般涌起,托出一轮旭日。这里原是赫尔曼老头的卧室,现在临时收拾出来给约翰娜住,赫尔曼在楼下的壁炉旁搭一张行军床。约翰娜抄录下《大地之歌》的德文唱词后,就请徐涵秋到楼上的房间当场试译。约翰娜又去找赫尔曼，伪托徐涵秋是别人介绍的教中文的朋友，今天来此商量讲课事宜。赫尔曼老头狐疑地看着徐涵秋，勉强地点头同意。本来徐涵秋想着此事不难，对于文学教授来说，《大地之歌》密码本在手，不过是按图索骥。然而按照《大地之歌》前三章的乐章唱词，还原了笔记本的上半部分，却依然前页不搭后页，表述混乱，不知所云。徐涵秋从白日苦苦思考到晚上，看着华德路从喧嚣复归宁静，喝掉约翰娜端上来的不知道多少杯咖啡，但依然没有头绪。

眼看天色已晚，徐涵秋只得告辞。他给约翰娜留下家里电话，表示要将笔记本带回大夏大学试试，也许自己遗漏些什么，或者遗落的另一半笔记本上，别有玄机。约翰娜一脸怅然，但也无法可想，默然送他出门。徐涵秋借咖啡馆电话拨祥生公司的40000号叫车，借着老黄送他回去的路上，汇报了这一天的经过。

回到大夏新村的房子，徐涵秋在房间里关了几天，想来想去觉得不脱三种可能：其一是笔记本下半部分有重要提示；其二是《大地之歌》这一层密码下面，还有一层密码；其三是《大地之歌》是唐诗德译,尤纳坦教授中文德文俱佳,是不是在对应的唐诗原文中暗藏别一层意思。但是这三条路都很难走,笔记本上半部分怎么找回?《大地之歌》深层密码是什么?《大地之歌》中的德文唱词,经过面目全非的重重翻译,到底对应哪几首唐诗?徐涵秋苦笑着翻起《李太白全集》,没承想一千两百年前的诗仙李白,经过欧洲绕一大圈回到江南,带来这许多谜团。

石破天惊,约翰娜几天后打来电话,慌慌张张地说她找到了下半部分的笔记本,请他再来一次咖啡馆。徐涵秋急忙赶到,已过午餐时间,咖啡馆没什么人,赫尔曼像个中国老汉在壁炉边的躺椅上瞌睡。看到徐涵秋来,约翰娜放下池子里的一叠餐盘,就将徐涵秋请上二楼。她来到铁床前,在枕头下取出笔记本的下半部分。

"怎么在这里?"徐涵秋震惊地接过笔记本,他感到此事透着诡异。

约翰娜讲,她昨晚感到疲劳,或是不耐上海的连绵秋雨,感染了风寒。一觉睡到今早十点,坐起来想喝口水,却发现这个笔记本就在枕头边。笔记本这件事,她一直瞒着赫尔曼,父亲说过此事跟任何一个德国人都不能提起,她从未找赫尔曼商量。或许是惊魂未定，事情的前前后后，约翰娜讲得结结巴巴，咬着嘴唇，一双黑眼睛眨来眨去。徐涵秋端详着约翰娜的脸，仿佛第一次认识她。他感到嘴里发苦，勉强挤出冷冷的笑容说，天降笔记本，回来就好。

约翰娜似比徐涵秋还要着急，帮着徐涵秋即刻还原整本笔记。这笔记本的下半部分和上半部分别无二致，也是每页有一句《大地之歌》的德语唱词。果不其然，还是和上半部分的结果一样，整本笔记依然前后颠倒，难以卒读。徐涵秋一声长叹，深秋的斜阳照亮窗外摩西会堂的尖顶，他心里涌起一丝辽远的悲凉。

约翰娜面色灰暗，她对笔记本里隐藏的秘密有所寄托。徐涵秋想把完整的笔记本带回继续研究，这次却被约翰娜婉拒。或许是对徐涵秋有些失望，约翰娜固执地想自己试试。徐涵秋深知笔记本兹事体大，留给约翰娜，实在不放心；但毕竟是约翰娜的东西，也不好强行带走。徐涵秋一时不知道怎么做才好，最后只能无奈地答应。他沮丧地下楼，赫尔曼正抱着一大捆悬铃木的树枝进来，垒在壁炉边，两个人冷淡地打个招呼。徐涵秋走到华德路上，路过提篮桥监狱，监狱铁门前站着两个日本兵，怔怔地看着他过来，不自然地扭过头去。徐涵秋加快脚步,他今晚没有叫车,而是决定明天找个安全的地方,和老黄仔细商量下一步怎么办。

过了几日,约翰娜又打来电话。倒不是说笔记本的事,约翰娜那边也是毫无进展。约翰娜讲,昨天日本人突然来华德路检查,勒令她和一些刚来的犹太人去办理通行证。约翰娜想到徐涵秋是大夏大学的教师,想请他帮忙。徐涵秋思索片刻,建议约翰娜来一趟大夏大学,他试试帮约翰娜注册到留学生的花名册里,今后进出方便些。

约翰娜黄昏时分来到大夏大学东门,像中国女人一样着一件月白布旗袍,外搭一件咖啡色呢子长大衣,手里提了份黑森林蛋糕。徐涵秋迎她进校园,一路岑寂无人,满目疮痍,已然是一个废园。徐涵秋带着约翰娜来到大夏新村的住所,这一片教师住宅在淞沪会战时被轰炸波及,多栋房子空着,原来的教师随着校部去了贵阳。条件局促,徐涵秋下一锅清汤龙须细面,又把准备好的各类表格摆在桌子上,帮着约翰娜填写入学请愿书。他发现约翰娜的中文会说不会写,就提着毛笔代她拟一份,"德国女生约翰娜(Johanna),曾在柏林大学学习,对于东方学问,欲加深造,拟于本学期入大夏大学国文系就读……"约翰娜则端着蛋糕盘,在徐涵秋的书架前踱步,抽出一卷纽约版的《SONGS OF LI-TAI-PE》,若有所思。

朗月升起,皎如飞镜,见时候不早,徐涵秋送客出门,顺路陪着约翰娜沿丽娃河边走走。青天无云,二人径直过丽虹桥,走到河心一座小岛上。岛上有一座废亭,四甍羽飞,石桌倾倒,草绿色的石柱上缠绕着枯萎的藤蔓。两人来到亭子里,彼此沉默,心思化入粼粼波光中。一两声夜枭的啼叫隐隐传来,寒意从河中泛起,约翰娜披上披肩,月光照亮披肩上的大卫星。徐涵秋站在约翰娜身边,笑笑说你这披肩的图案,倒是和我们校徽暗合。约翰娜回转头,见徐涵秋从内怀里取出一枚铜制珐琅校徽,校徽中央是一枚六芒星,六角涂黑,中间是"大夏"两个字,六芒星下面围着一圈英文:THE GREAT CHINA UNI。约翰娜打趣说,看不出徐先生这么热爱学校,随身带着校徽。徐涵秋有些怅然,告诉她这枚校徽是故人留给他的,这所校园里曾有一批志同道合的同仁,在中国各地投身到这场战争中。

听徐涵秋这么一说,约翰娜接过校徽举到眼前打量,正对着丽虹桥。丽虹桥是一座小巧的石拱桥,半圈的桥孔倒影在河中，浑如一轮圆月。约翰娜说，古老的文明总有相通之处，我们犹太人的大卫星，和你们东方人的石拱桥，都如此均衡对称，可以上下颠倒。听到这句话，徐涵秋忽然心中一凛，似乎想通了什么。他想起《大地之歌》中的唱词，不仅吟诵起来：池面宁静，倒映出，景物奇趣的镜像——白瓷青亭以尖顶，伫立于秀色池塘。约翰娜悠悠说道，这是父亲最喜欢的《青春》乐章，他平日里反复地听这段，大概这种追求平衡的哲学很打动他。父亲的办公室里也挂着一幅你们的古画，和此刻的景色很像。

徐涵秋心念一动，准备问些什么，但又把话咽下去。他想起老黄前几天的情报，就压下自己的念头，和约翰娜走回到丽虹桥上。石桥狭窄，随处是青苔，徐涵秋肩膀有意无意地一撞，约翰娜一声惊呼，滑到丽娃河中。徐涵秋始终记得约翰娜无意中透露的：她不会游泳。他就这么淡然地站在桥上，望着在水里扑腾的约翰娜，一河的星辉化为锋利的碎片，呼救声惊起夜宿的乌鸦。这一刻，徐涵秋的眼神冷漠，坚毅，不像是教国文的大学教师，而是一位真正成熟的特工。

第五乐章　醉客

我重新斟满酒杯，

一饮而尽不思量

——《大地之歌》

临近年底，纷纷传闻日本和欧美关系紧张，日本人打算在年后进驻租界。在沪的外国人，很多生了回国的心思，一些犹太人试图乘船去古巴的哈瓦那，从那儿转到纽约。眼下上海的航运大王，正是支援大夏大学校舍的沪上大亨虞洽卿，很多人托着关系来求船票。作为上海难民救济协会会长，虞洽卿在大雪节气这一天，包下梅龙镇酒家，请在沪的各路难民代表聚餐。

梅龙镇酒家开在静安寺路的重华新邨，就开在虞洽卿公馆底楼。重华新邨这一带，是虞洽卿几年前连同泥城桥鸿福里的地块在内，以六十万买下。从静安寺路的弄堂口，绕过亨得利钟表进来，就看得见重华新邨的虞公馆。这间清水红砖的大宅子，占地十八亩，原是英商壳件洋行大班和职员们的住宅，高耸塔楼与落地大窗，摹仿着英国乡村庄园的样式，带着一丝维多利亚时代的哥特风尚。有意思的是，开在底楼的梅龙镇酒家，却是彻头彻尾的中式风格。大门玻璃上贴着"扬点川菜冷饮咖啡"，推门进来，头顶是深红色的藻井，满饰金龙，吊着青绿山水的宫灯。迎面一面墙大红色打底，金灿灿地雕着游龙戏凤，四周挂着松柏常青、松鹤延年的彩绣，雕龙画栋，朱柱生辉，乍看一眼不像个酒家，倒像个戏台。"梅龙镇"这个店名，正是来自《游龙戏凤》的戏目。

龙凤厅里今日摆开十桌宴席，满厅金发碧眼，活脱脱国际联盟会议。门厅前站着两位虞家的保镖，一身黑衣绸缎，满脸横肉，对来宾挨个搜身，防备着有人带家伙进来。进到厅里，倒是热闹，梅龙镇的伙计流水般走席，摆上肴肉、素火腿、蒜泥白肉、夫妻肺片等川扬合流的冷菜，又陆续端上狮子头煮干丝、生爆鳝背、龙园豆腐、酱爆茄子、粉蒸肉、干烧明虾、贵妃鸡、干烧绍子鲫鱼，汁干油亮，香气四溢。随着热菜的还有一屉屉刚出锅的蟹粉小笼，大厅里热气蒸腾，如同仙境。菜上齐了，虞洽卿却没有来，只是请难民救济协会副会长英商麦克诺登上台，操着冷冰冰的伦敦腔英语，说几句不咸不淡的客套话，对于船票的事情，则只字不提。

临近角落的一桌，坐着在沪的犹太难民代表，普遍一脸愁容。赫尔曼穿着一件皱巴巴的灰色西装，寡言少语。挨着赫尔曼坐着的，是约翰娜和徐涵秋。约翰娜脸色苍白，吃得很少，感觉心事重重。徐涵秋一脸淡然，品着素火腿，给满桌的犹太朋友当着翻译，徐徐介绍面前的菜品和当下的时局。

杯盘狼藉，一桌桌的客人散去，赫尔曼和约翰娜却不动身。来之前，徐涵秋已经叮嘱过，凭借着虞洽卿资助大夏大学办学的关系，他已经托人从虞老板这里搞到两张去纽约的船票，今日有人交接。看时候差不多，徐涵秋使个眼色，赫尔曼和约翰娜随他离了龙凤厅，拐到走廊尽头一个极僻静的小包间，门楣上写着"幽兰"二字。推开房间，青绿镶金边的天花板，迎面一扇卍字纹黑酸枝花窗，房间中央一桌四椅，摆着茶杯。赫尔曼年长，徐涵秋将他请到窗前正首位落座，约翰娜陪在旁边，自己则坐在下首，背对着房门。

大家坐下后，徐涵秋看一眼怀表，就直奔主题："两张船票已经拿到了。时间很急，就在明天。"

赫尔曼吃了一惊："我们毫无准备。"

徐涵秋看着两人："更急的事情是，有日本人的探子，代号叫'佳人'，混在你们犹太人中间。"

约翰娜垂下头，似不想面对接下来的一幕。

赫尔曼紧皱眉头，问道："是谁？"

徐涵秋的目光滑过约翰娜，落在赫尔曼身上："就是你。"

房间里一时变得安静，初冬暗淡的阳光从花窗照进来，隐隐传来几声鹧鸪沉闷的叫声。

赫尔曼像一块岩石一样一动不动，只是瞪大眼睛，看着徐涵秋，没有说话，似乎想看穿眼前这个读书人的内心。约翰娜似在抽泣，又委屈，又害怕。

徐涵秋直视着赫尔曼的眼睛："赫尔曼先生，或者说'佳人'，你闷死盖世太保的那一天，有我们的人在场。影佐祯昭不会德语，他那天带着一个翻译。翻译出去的时候，看到戴着鸟嘴面具的你进来。她不能确定面具下的是谁，你罩在袍子里，和约翰娜的身高也差不多，但翻译确定那个人手劲很大。那个盖世太保的尸体，就是她负责处理的。而影佐祯昭从不亲自动手，当天也没有办法动手，军统的人报复他策反汪精卫，几次暗杀，他肩膀上还带着枪伤。"

赫尔曼一脸茫然的表情："我听不懂你在说什么。"

徐涵秋也不理睬，接着说："我第一次去飞马咖啡馆，看到那个鸟嘴面具。但是我不能确定，你和约翰娜，谁是那个面具的主人。笔记本下半部分出现在约翰娜枕边的那一夜，我们的人在周围一直紧盯着，咖啡馆整夜没有外人进出。是你在约翰娜的晚餐里下了安眠类的药剂，趁她昏睡时，将笔记本放在她枕头边。你们想借我这个人，帮助你们解开笔记本里的谜题。"

赫尔曼不屑地指着约翰娜说："徐先生，照你这么说，我觉得约翰娜的嫌疑更大，为什么不是她自导自演呢？"

徐涵秋说："不错，约翰娜的嫌疑始终无法被完全排除。我们要找到一个机会试试她。你记得么，她上周去大夏大学找我，深夜才回，头发或许还有些凌乱。你可能会往桃色新闻的角度想，实际的情况是，我们委屈约翰娜小姐在丽娃河里游游泳，花一点时间将衣服烤干。溺水之时，约翰娜拉着我的手，力气也不大。那一刻，是很难伪装的。而赫尔曼先生你。"徐涵秋盯着赫尔曼一双骨节凸出的大手："我记得你可以毫不费力地抱着一捆悬铃木的树枝进来，你显然受过训练。"

赫尔曼转头看了一眼约翰娜，脸上浮现出一丝邪恶的笑容，约翰娜把头别了过去。

徐涵秋总结说："整件事的大致过程，就是你最早是德国人的密探，为纳粹服务；不知道什么契机，你又被日本人收买，或者你根本就是双面间谍，同时拿捏着德国人和日本人。尤纳坦教授信任你这个朋友，来上海之前给你写过信，你把船只消息既透露给德国人，也透露给日本人。你没想到的是我们的人也在船上，德国人在船上没有得手，日本人在码头也没有抓到约翰娜。于是你和影佐祯昭就将计就计，利用约翰娜来接近我，想利用我们的力量帮你们破译笔记本里的密码，再将我们一网打尽。"徐涵秋想到什么，又补充说："对了，你用的那个鸟嘴面具太大了，是为遮住你这犹太人的大胡子吧。"

赫尔曼哈哈一笑，神情像换了个人，如长久蜷伏的魔鬼，在他瘦削的身体里渐渐直起腰。他两眼冒出凶光地对着徐涵秋说："本来你可以待在那所废墟般的大学里，现在只有请你去日本宪兵队，再解不出来的话，日本人可没有耐心。如果不是你有这点用处，你和接你的那个司机，早已死了无数次。"

约翰娜愤怒地质问道："你是我爸爸的老朋友，为什么要这么做？"

赫尔曼咧嘴笑了："宝贝，在如今这个世界，不需要什么理由。现在就凭你们，能走出这个房间吗？"

约翰娜气愤地发抖，徐涵秋握住她的手，对赫尔曼笑笑："难得请'佳人'光临重华新邨，这是我们家，我们哪也不去。"

赫尔曼刚想站起,就感到脑后凉飕飕的。他身后的花窗,被一只手从外面拉开,二楼垂下一个人,腰间绑根黄麻绳,黑袄裤,黑毡帽,像是乡下来的维修工。颇为阴森的是,这个维修工的肩膀上,搭着一条敛尸袋。赫尔曼惊愕地看着他,他也冲赫尔曼龇牙笑笑:"我就是你找的那个司机。"老黄一只手扶着绳子,一只手举着一把枪管奇长的手枪,枪口装着马克沁式消声器。

徐涵秋起身,和约翰娜站在一起,握着她冰凉的手。他叹口气说:"忘记介绍,现在的大夏大学,就开在这家酒家楼上。办学条件窘迫一些,担待了。"

第六乐章 告别

> 朋友,你为何必须远行,
>
> 何处是你行程的终点。
>
> ——《大地之歌》

临近年底,又遭遇江南罕见的冬雪,火车车厢里寥寥几个人。徐涵秋在南京浦口站上车，挑一个靠窗位置坐下，暗黄色的水曲柳桌椅，铸铁椅脚上，凝着一层寒气。他把帽檐压低一些，裹裹身上的黑色呢子大衣。火车隆隆启动，暮色自天沉落，站台上空的信号灯渐渐远去。

浦口站是津浦铁路起点，按照计划，徐涵秋将在宿州站下车。铲除"佳人"后，影佐祯昭势必会展开报复，组织安排徐涵秋撤离上海，去敌后的苏皖边区军政委员会报到。他的新任务，是去协助当地新四军新上任的书记。临行前，徐涵秋将约翰娜安全送上去纽约的客轮。

在约翰娜落水当晚，徐涵秋最终解开了笔记本的秘密。当晚救起约翰娜后，徐涵秋认定赫尔曼才是"佳人"。他带约翰娜回到房间，试着对位颠倒笔记本的顺序：就像犹太人的大卫星图案，或是明月夜的江南拱桥，第一页换到最后一页，第二页换到倒数第二页……笔记本展现出合理的顺序，上面记录着研制重水的新方案。徐涵秋当晚告诉约翰娜，尤纳坦教授落水后，有水性好的同志潜水搜救，下游也有同志扮成渔民打捞，可惜都一无所获。尤纳坦教授也许还活着，如果他还在中国的话，一定会找到他。约翰娜也讲起她父母的情况，她妈妈也是德国物理学家，在她小时候就离家出走，去了美国。

每年圣诞节,她都会收到母亲从美国寄来的明信片,上面是纽约曼哈顿的高楼。听说她母亲在普林斯顿高等研究院又读了一个物理学学位,跟着爱因斯坦从事原子能的研究。徐涵秋答应约翰娜,在除掉"佳人"后,送她去美国和母亲团聚。

夜色沉重,借着车厢里昏暗的电灯,徐涵秋从皮包里抽出《中国之笛》。登船前,约翰娜将这本书留给他,眼神感伤,饱含惜别。从上海到南京一路紧张,徐涵秋还没来得及打开。现在严酷的斗争暂告段落,那个作为文学研究专家的徐涵秋又回来了。他想细细推敲一下,马勒《大地之歌》的六个乐章,到底依据的是《中国之笛》里的哪几首唐诗。这个问题一直萦绕于心,他大致推断的是:

《大地之歌》中的《愁世》这一乐章,对应的是李白《悲歌行》:

悲歌行

李白

悲来乎!悲来乎!

主人有酒且莫斟，听我一曲悲来吟。

悲来不吟还不笑，天下无人知我心。

君有数斗酒，我有三尺琴，

琴鸣酒乐两相得，一杯不啻千钧金。

悲来乎！悲来乎！

天虽长，地虽久，金玉满堂应不守，

富贵百年能几何，死生一度人皆有。

孤猿坐啼坟上月，且须一尽悲中酒！

《大地之歌》中的《秋影》这一乐章，对应的是钱起《效古秋月长》：

效古秋月长

钱起

秋汉飞玉霜，北风扫荷香。

含情纺织孤灯尽，拭泪相思寒漏长。

檐前碧云静如水，月吊栖乌啼乌起。

谁家少妇事鸳机，锦幕云屏深掩扉。

白玉窗中闻落叶，应怜寒女独无衣。

《大地之歌》中的《佳人》这一乐章，对应的是李白《采莲女》：

采莲女

李白

若耶溪旁采莲女，笑隔荷花共人语。

日照新妆水底月，风飘香袖空中举。

岸上谁家游冶郎，三三五五映垂杨。

紫骝嘶入落花去，见此踟蹰空断肠。

《大地之歌》中的《醉客》这一乐章，对应的是李白《春日醉起言志》：

春日醉起言志

李白

处世若大梦，胡为劳其生？
所以终日醉，颓然卧前楹。
觉来眄庭前，一鸟花间鸣。
借问此何时，春风语流莺。
感之欲叹息，对酒还自倾。
浩歌待明月，曲尽已忘情。

《大地之歌》中的《告别》这一乐章，不好判断，似乎对应的是孟浩然《宿业师山房待丁大不至》，又有王维《送别》的意境：

宿业师山房待丁大不至

孟浩然

夕阳度西岭，群壑倏已暝。

松月生夜凉，风泉满清听。

樵人归欲尽，烟鸟栖初定。

之子期宿来，孤琴候萝径。

送别

王维

下马饮君酒，问君何所之。

君言不得意，归卧南山陲。

但去莫复问，白云无尽时。

剩下的最后一个难题，就是《青春》这一关键乐章。最难读透的是"青春"，徐涵秋反复琢磨，也猜不透这一乐章，化用了哪一首唐诗。他翻开《中国之笛》，书里掉落一张明信片。徐涵秋捡起来细看，明信片上的风景是一片苍苍莽莽的雪山，写着一串挪威文字。他认出这写的是一处地点：挪威里尤坎地区诺尔斯克电解氢工厂。电解氢？这莫非就是传闻中尤纳坦教授秘密建造的欧洲唯一重水生产工厂？徐涵秋仔细端详这张明信片，翻到背面，发现还有文字。明信片背面细密地用中文抄了一首歌德的诗，字体幼稚，像一个孩子写的：

暮色自天沉落

歌德

暮色自天沉落，

近物渐渐融入远景；

晚星的晶辉灼灼

早已升起在天庭！

一切依稀莫辨，

雾气浮动；

小湖，反射着渐深的幽黯，

静躺在大地怀中。

东方偿我以

明月的流辉，

弱柳的柔丝

戏波弄水。

光影的交掩

引起月华的轻颤，

清凉潜入眼帘，

又轻柔地沁入心田。

徐涵秋凝思片刻，这又隐藏着怎样的秘密呢？他忽而想到另一层意思，不禁哑然失笑。他望向车窗，车窗映出他的微笑，笑容中又隐藏着一丝执著的沉默。车窗外，雪越下越大，迎着车光，纷纷飘落，仿佛置身在他熟悉的那遥远的北国。

  作者注：本文六个章节标题对应《大地之歌》的六个同名乐章，基于小说的逻辑，颠倒了《大地之歌》原第三乐章、第四乐章的顺序。在写作时主要参考引用钱仁康等学者对于《大地之歌》的翻译以及与唐诗对应关系的研究，以及《爱乐》杂志二〇〇五年第八期邹仲之先生《大地之歌》的译文。特此致谢。此外梅龙镇酒家原是一九四二年搬到重华新邨，在小说中请酒家提前三年来此和大夏大学做邻居。

05

不可能的任务

一

"你同意吗？"王平看着视频里的女生，严厉地强调一遍。

炫目的白光下，一张纸条从桌子上推过来。王平看了一眼对面的摄像头，低头瞄一眼，上面写着"让学生自由选择吧"。王平冷峻的脸毫无表情，把纸条折叠起来，随手压到面前厚厚一叠材料下面。

视频里的女生，是在自己上床下桌的寝室里。她的头顶挂着幽蓝色的床帘，染制着一群夜色中的麋鹿，点点星光下鹿角枝丫；她的背后，是码放得整齐的书桌，桌面上摆着一些化妆品，白瓶子、蓝瓶子，晶莹地收罗在角落里，用一个淡蓝色口罩盒靠住；书桌上方的书架上，依稀插着几本高教社的红皮教材，几本黄色书脊的《巴黎访谈》，一本绿色书脊的《小说机杼》。有意思的是，《小说机杼》旁边还摆着一本王平的新书，夹着一枚金色的书签，斜倚在书架上，封面摆向镜头。王平的目光如沙漠中的石灰岩一样淡然，瞟过自己的书，盯着视频中的女孩。这个女孩像个日本人，一双大眼睛，眼窝深邃，鼻梁高挺，披肩的长发，遮着婴儿肥的圆脸，两腮有些雀斑。她礼貌而平和地微笑着，望向王平和其他评委，但没有直接回答王平的问题。

王平看了一眼她的申请表，说："叶月同学，我把问题最后说一次，请你马上明确。假设你通过今天的推免面试，你在此保证放弃其他任何院校的Offer。因疫情原因，本次推免面试采用视频方式，你知悉本视频正在录屏，录屏中的同意告之具备法律效力，等同于书面承诺。你认同这一点，不持有任何异议。下面叶月同学请你回答，你同意吗？"

一时间房间变得安静，只有内嵌到天花板上的中央空调，在嗡嗡地运转。九月下旬的上海，还是闷热。这间会议室正中放一张大圆桌，五位评委依次坐在一侧，另一侧的墙上是幕布投影，连接着圆桌中央的笔记本电脑。王平问完这个问题后，其他四位评委没有说话。最边上的一位女评委，大夏大学创意写作教研室临近退休的老教授，微微摇了摇头。她不喜欢王平这种强势而功利的风格，但她也预料到王平不会理会她的提醒。王平在千方百计地保障自己专业的生源，诱导考生放弃同层次的华东师大等院校的保研资格。

王平原本不是大夏大学的教授，前两年正是从华东师大调过来，当时他刚刚拿到学界瞩目的"盛唐学者"，身价炙手可热。王平跟华东师大讲的离职理由，是为了孩子的初中。谁都知道华东师大的附属初中比大夏大学的好，他觉得你没有价值时，真是连敷衍都懒得敷衍。想起这些，老教授更感无奈。面试时不能用手机，无聊之际，她拿着钢笔在稿纸上随意写着"松花酿酒，春水煎茶"，元朝散曲家张克久的《山中书事》，字体清丽洒脱，满纸云烟。现在的大学和过去相比，已是两个世界。不说主政的王平这类雄心勃勃的中坚，视频里五湖四海那渴求保研的同学们，也是从咬牙切齿的青春走过来的，屏幕内外是一场你死我活的战争。老教授想，反正王平是新聘来的院长，随他折腾吧，终究也是为大夏大学好。

屏幕中的叶月同学，似乎在凝视着坐在评委中间的王平，眼神里有一层说不清楚的阴翳。她的嘴边浮起一丝神秘的笑容："我同意。"

二

　　星光淡去，窗外草坪上弥漫着乳白色的雾。两只麋鹿在雾中吃着青草，轻轻晃动着脖子上的铜铃。

　　叶月醒得早，枕着手臂，望向窗外。从东大医学院这间实习护士值班室望出去，目光越过繁茂的银杏树，隐隐望得见朱红色的赤门。叶月看一眼表，五点三刻刚过，银杏大道上没什么人，一切笼罩在黯淡的晨晖中。现在医学院的新生，大多去支援太平洋战场，前两个月瓜岛战役的撤退，传闻伤亡很大。留下来值守的，就是她和对面床上的杏香。杏香还在睡，肉实的后背对着她，葱翠色的睡衣皱皱巴巴，脚上的袜子耷拉着，露出肥硕的脚踝。叶月翻身下床，两床中间的木桌上，放着昨天晚上带回来的可乐饼，凝着一层油。她没什么胃口，轻轻移开包着肉饼的纸袋，袋子下面压着一张名片：寒い秋の書店。

　　叶月蹑手蹑脚地穿上天蓝色水手服，按照最近出台的战时国民服装规定，又套上一条土黄色的工装裤，扎起裤脚，擦一擦黑色皮鞋。她轻轻推开门，回头看一眼，杏香还在帐子里酣睡，隐隐发出轻微的鼾声，蚊帐似乎随着她的呼吸起伏。

叶月匆匆从赤门出来，踏过寄宿街泥泞的石子街道。这条街上都是寄宿公寓和宾馆，灰黑色的木质老楼，大门口种着矮松或红枫，立着乱糟糟的电线杆，路两边挖着下水槽。天色尚早，没什么人，一位六十左右的阿姨，不知道是哪家公寓的老板娘，守着下水槽折着一把松花，脚边的盆里还有一沓，状如马尾。在冰凉的晨雾中，叶月觉得冷，又觉得莫名的紧张。折着松花的阿姨抬起头，温柔地望着松月，笑容温暖，混着忧伤。叶月窘迫地挤出一丝笑容，加快了脚步。

转过街角的菊富士酒店，左边的斜坡通往长泉寺，右边的狭路通向旧书街。叶月停下脚步，仰头望着菊富士酒店的塔楼，耳边仔细分辨身后隐隐传来的，是风声还是细微的脚步声。随着她停下来，身后的声音仿佛也消失了。叶月回过头，淡淡的雾气中，远远的那个老板娘，还低头坐在公寓门口，长街空无一人。

叶月犹豫片刻，继续往右边走，转两个路口，到了本乡的古董旧书街。这条街两侧大多是二层的房子，二楼的斜顶覆着青瓦，天窗上糊着白色的油纸；一楼向马路敞开店门，店门上方的雨棚上，立着书店的招牌。招牌大多是粉、黄、白三色，浓墨大字写着某某书店。寒秋书店在旧书街的尽头，门前种着几棵郁金樱，花瓣浅黄带绿，微微初绽。书店的玻璃上，贴着一张军方的海报，"海军志愿兵征募"，印着威风凛凛的大和号战列舰，深灰色的巨型舰炮指向高空。海报尺寸很大，几乎遮住整片玻璃，看不清店里的情况。

叶月站在寒秋书店前，耳边又传来一丝窸窣，好像水手服轻轻蹭过糊着窗户的障子纸。她环顾四周，空无一人，寂静中绷着紧张，仿佛有人隐在雨棚的阴影里暗暗窥视。她紧锁眉头，轻轻推了推门。书店里很暗，四周墙壁上的书架顶着天花板，天花板是一层褐色的老松木，摇摇晃晃地坠下一盏吊灯。吊灯照着四张黑木大书桌，桌面上堆起一摞摞的书，大多是《万国大年表》《世界十伟人》《东西二十四杰》之类。书桌中间勉强可穿行，叶月走进去，轻声招呼："寒秋先生？"书店里无人应答，叶月依稀看到角落里有一扇小门，绘制着富岳三十六景的蓝布帘子低垂，背后是通向二楼的楼梯。

叶月正想走到小门前，身后的大门被猛地撞开，哐当一声，一个人跌跌撞撞地被推进来，先是扑到桌子上，又斜着磕到桌上高高的一摞书。《世界十伟人》之类哗啦啦地落地，像一群黑乌鸦四散飞腾。叶月定睛一看，大惊失色，原来是杏香被推了进来，她上下穿着和叶月一样，只是胸口插着一把匕首。杏香摔倒在书堆里，看着叶月，张大着嘴似乎要说话，双唇之间，汩汩地涌出鲜血。叶月瞬间明白了什么，她迅疾如风地扑到杏香身旁，俯看着她，左手捂住杏香的嘴，右手掐住她的脖子。杏香手脚无力地挣扎几下，一双怨毒的眼睛，牢牢盯着叶月，血从叶月的指缝间渗出来。

这时一道黑影站在门口，背着光，看不真切，四十多岁的样子，眉眼颇为斯文，藏蓝色的国民服前襟溅着一片血。如此场面，叶月大致猜到，来的就是负责联络她的寒秋先生。果然，来人赞赏地看着她，笑着伸出没染上血的另一只手，用中文说："叶月同志你好，我是你要找的'寒秋先生'，我叫许英。"

三

"谢谢你的认可，叶月同学，那我们的面试开始。"评委们知道，只要答应了条件，王平的提问就变得宽和。之前犹豫的那些同学，稍稍露出将大夏大学当作备胎的心思，就会招来疾风暴雨的难题。面试这种事情，宽严之间，花头很多。就像网上的段子，同样考《西游记》，你可以问师徒一行几人，也可以问孙悟空一共打死多少个妖怪。疫情这几年，一些原本出国或就业的同学，也加入考研的队伍，竞争格外激烈。在研究生的名额分配上，推免占了大头，像王平所在的大夏大学创意写作专业，一半以上的同学，都是走保送这条路进来的。为拿到保送资格，各个高校的同学们，从大一入学就卷起来，玩命地去刷每门课的绩点，争取大三结束后有一个理想的排名。绩点这个东西，和分数不同，由同学们的名次转化而来，哪怕成绩就差个一两分，落在绩点上也会差出很多。结果人人自危，各怀心思，抑郁，焦虑，天天在宫斗剧里学习技战术。考研既然扮演了高考的角色，大学也不可避免地一步步高中化。

推免面试，分为三关。思政面试是一关，专业面试是一关，英语面试是一关。对思政环节，王平不是很认真，他随意抽出一道题，对着摄像头念出来："叶月同学，你的大学同学关系融洽么？寝室有矛盾，你会怎么解决？"这种送分的问题，评委们也提不起兴趣，只顾低头剥开面前放着的橘子，随叶月敷衍过去。

没想到，镜头里的叶月竟卡住了，似乎在融洽与否这个问题上，有些犹疑。她随即反应过来，字正腔圆地回答说"融洽"。王平稍有不耐烦，提醒道："请注意一共是两个问题，请举例寝室有矛盾，你会怎么解决？"

叶月凝神想一下，缓缓说："我们寝室有一位叫杏香的同学，她也喜欢创意写作专业。但是我们这种四非学校，保研的名额很少。"叶月停下来，在小心翼翼地组织语言，但是大家都明白她要讲的意思。叶月字斟句酌地说："我的绩点排名高一点，今天只有我进入贵校的面试。而杏香同学，就比较遗憾……"叶月捋一下头发，接着说："当然杏香同学也入围了华东师大创意写作的面试，也是非常好的名校。而且华东师大招生的名额还比较多……"

王平似乎不想听到前东家，他打断叶月说："也就是说你和这位叫杏香的同学有矛盾，你会怎么解决？"

"和杏香……"叶月的嘴角，不自觉地浮起一丝淡淡的笑容，"其实也没有什么矛盾。"

"我是说假设！"王平厉声说，"怎么解决？请回答这个问题。"

王平身边坐着的一位年轻男老师帮叶月打圆场，这位老师用带着上海腔的普通话说:"谈到身边朋友总是不好意思,创意写作嘛,讲个故事吧,好伐啦。"

叶月缓缓说:"假设寝室里有矛盾,一个同学成绩好一点,想去大城市攻读研究生。另一个同学嫉妒她,讽刺她在挑战'不可能的任务'。这个同学早晨起床后,发现水杯里被丢进一包干燥剂;这个同学晚上回寝后,发现借的参考书不见了,也许被插在图书馆生物学或人类学的架子上;这个同学甚至在推免面试的前一刻,发现走廊里的WiFi被搞坏了,她只能开着手机热点打开电脑。"叶月从这一串描述中停下来,静静地望着评委们说:"怎么解决?当然是选择原谅她啊,包容,尊重,理性沟通。难道还会杀了她?"叶月似乎想打个圆场,对着镜头桀然一笑。

可能是这个故事有丝丝寒意,评委们一时无言。王平想了想说,接下来是英语面试,老师们提问吧。一直在练书法的老教师放下笔,翻了翻叶月提交的申请材料说:Let's talk about historical fiction. Tell us a World War Ⅱ story or character.(聊聊历史小说吧,分享一个二战的故事或人物。)

叶月不假思索地回应道:"Yamamoto Isoroku。"怕这个名字老师没听清,她又直接译成了中文:"山本五十六。"

四

"山本五六十死了？"

"对，就在前几天，美机打下来的。"

许英和叶月将书店门板放下来，将杏香的尸体移到书店角落那扇小门后，用两个装书的麻袋，兜头搂脚地套起来。叶月找来抹布，仔细擦干地上的血迹。两个人在幽暗的楼梯间，点起一支蜡烛坐下来。

许英告诉叶月，刚刚得到盟军情报，瓜岛战役失败后，山本五十六这个日本联合舰队司令官，在前往布干维尔岛前线途中，被美机伏击毙命。北满的司令官影佐祯昭，已经被调回东京，即将被派往太平洋战区的拉包儿要塞。在明天的东京大学安田礼堂，影佐祯昭有一场面向军国主义青年的演讲。许英正是为此从北满而来。

"在上海，在满洲，影佐祯昭双手沾满了同志们的血，我们这次要让他血债血偿。"许英看着叶月，温和的语气中，透出一股冰雪般的坚定。叶月点点头，她昨天收到组织的秘密通知，知道有一个紧急的任务，接头地点就在寒秋书店，接头人化名寒秋先生。

许英直视着叶月的眼睛说："叶月同志,这次的任务很危险,影佐祯昭是个老狐狸。你也知道,这几个月敌人逮捕了尾崎秀实、中西功、西里龙夫等同志,我们在东京、京都、广岛、九州、北海道等地的组织,受到严重的破坏。越是在这样的时刻,越需要你们年轻的同志承担重任。组织信任你,我们相信你做好了准备。"

叶月平静地点下头,没有说话。她的父亲和尾崎秀实一样,也曾是《东京朝日新闻》的记者,在一九二〇年代到过上海,也是上海东亚同文书院秘密的青年左翼团体"日支斗争同盟"的一员,在中共特科的领导下展开情报战线上的斗争。去年六月,日军特务部破获了所谓"共谍报团案",将尾崎秀实等同志逮捕入狱。叶月的父亲在前一年,因肺结核死在冈山县的老屋,不幸中的万幸,叶月一家因此躲过这场大搜捕。叶月记得脸色苍白的父亲,在老屋庭院的月光下,和母亲认认真真地交代着自己后事的样子。父亲临终前握着她的手,欲言又止,喉咙喘不上气,在她的手心颤颤巍巍地写了两个字:平安。这两个字是用中文写的,过往依在父亲怀里,听父亲讲授中文的岁月,瞬间涌上心头。叶月深知谍报工作的凶险，但这是一条不能回头的路，是她和父亲共同的信仰。叶月也察觉到，她在去年考到东大医学院后，由于父亲职业的关系，一直受到怀疑，也是今年没有被太平洋战场征召的寥寥几个新生之一。杏香也没去太平洋战场，是因为杏香是特务部安插在东京大学的眼线，组织上很早就提醒过她。

叶月低下头，看了一眼装着杏香尸体的麻袋："怎么处理她呢？很难不会发现。"

许英笑笑："今天见面后，我不会再回到这里。而明天也将是你在东大的最后一天。任务完成后，会有人接应你去东京港，明晚有一艘商船去上海。"

"上海？"

"是的，所有证件组织都安排好了。你还没去过上海吧？"

叶月只是听父亲讲过这座远东大都市，父亲多次带着沉湎的深情，回忆他在上海的青年岁月。

"我就是在上海认识你的父亲，一位令人尊重的兄长。我那时还是上海一所大学的学生。大夏大学，你听说过么？"

"一所中文专业很优秀的大学？我父亲在大夏大学旁听过中国文学课。"

许英若有所思地摸着下巴，"十多年前的事情了，时间过得真快。"他回过神说，"我们聊聊明天的计划吧。安田讲堂，你熟悉吗？"

叶月只是在入学典礼的时候去过安田讲堂，她难为情地摇摇头。

许英说："没关系。今天下午你回到宿舍后，就会收到学生会的通知，明天你将是影佐祯昭演讲时的服务生之一。演讲定在明天上午九时，对象是东大的一些军国主义学生，以及军部的一些少壮派军官。演讲开始前的搜身会异常严格，特务部的人会在现场。你记住，大约八点半，你们会被统一带到安田讲堂的地下室，在那里换上服务生的服装。你们每个人还会佩戴一个写着各自名字的旭日旗袖章，发给你的那个袖章里面，缝着一颗胶囊。"

"里面是氰化物？氰化物有一种淡淡的苦杏仁的气味，影佐祯昭这样的人会发现。"

许英说："是氰化物，但影佐祯昭这个人喜欢喝很浓烈的玄米茶，明天也不会有例外。氰化物会被玄米茶的味道盖住。影佐祯昭只用自己带来的茶杯，你需要在加水时，把胶囊里的药粉，漏进他的茶杯里。"

叶月有些疑虑，她觉得氰化物的味道，未必那么容易被那股糙米的味道盖住。许英看出她的疑虑，继续说："现场也许会有意外，比如影佐祯昭可能一口水都不喝。我们也准备了B方案。"

"B方案？"

"嗯，你知道安田讲堂是在关东大地震后完工的。为了防震，讲堂地下室铺的石板下面，覆着一层铁格子。明天地下室东南角落靠近女厕所的位置，有一块石板上面摆着马尾松的盆栽。你在换衣服的时候，装作害羞，躲到这个角落里蹲下换。这块石板松动过，下面的格子里，有一把勃朗宁袖珍手枪，里面有六发子弹。"讲到这里，许英仿佛想起来什么，笑了笑，"这是枪还是我自己的枪。用了有十年了。"

叶月琢磨着许英讲的这套备选方案，陷入沉默中。

许英猜到她在想什么，他严肃而温和地说："叶月同志，无需隐瞒，这套B方案中，你没有办法活着离开安田讲堂。你可能只有开一枪的机会，希望你尽可能靠近射击。枪响后，你唯一能做的，就是吞下袖章里的那颗胶囊。"

书店里一时安静下来，一滴蜡油滴在地面上，叶月用指甲缓慢地刮来刮去，看得出情绪有些焦虑。过了一会儿，叶月恢复平静，对着许英说："总要有牺牲。"

许英低沉着说："我也随时准备牺牲自己。"他没有多说什么，烛火跳动，映出许英额头上一道长长的伤疤。叶月低声说："我同意，两套方案我都记住了。"

许英并没有松一口气，他坚毅地看着叶月，再一次握住她的手："希望我们在上海还能见面。"

"会的，听说上海的咖啡很好喝。"叶月勉强地笑一笑。

许英站起身："上海的咖啡，我们今天就能喝到。我这里有一袋上海东海咖啡馆的咖啡豆，你习惯清咖吗？"

叶月发窘地瞄了一眼装着杏香的麻袋，土黄色的麻袋隐隐透出血丝，变成一片脏兮兮的深棕色，乍看一眼倒像是洒了一杯咖啡。

"喝咖啡？在这里？"

许英呵呵笑着："叶月同志，就当是一场考试。"

五

听完叶月的英语面试，王平满意地说："答得不错，下了不少功夫。"其他四位评委也纷纷颔首，叶月对于二战史很熟悉，英语也讲得不错。当然，思政面试和英语面试还是开胃小菜，最关键的环节，还是专业面试。在面试之前，每位同学都发了各自的写作材料给研究生秘书，秘书也打印出来转给各位评委。

王平谦逊地请其他四位评委提问。其中一位年轻的女评委，来自比较文学与世界文学专业，问叶月如何理解"世界文学"这个概念。叶月有板有眼地回答了几点，从歌德讲到当下学界，还比较了"世界文学"与"国际主义"的谱系差异。另一位来自文艺学的评委，请叶月讲讲何谓"纯文学"，叶月也四平八稳地套用布迪厄文学场的理论，从正反两个方面谈了谈纯文学的价值与问题，据布迪厄说写的东西没读者，可以反证自身的文学性，是谓以败求胜。王平越听越不耐烦，倚在椅子里转起笔，还把笔丢在圆桌上。评委们醒悟过来，王平不喜欢这种理论化的问法，喜欢讨论写作的细节。大家也不说话，等着王平一锤定音。

看评委们都等着他，王平也清清嗓子，点一点叶月提交的材料说："理论问题讨论得差不多，老师们讲得都很到位，还是围绕你提交的作品展开吧，虽然我还没有读完。叶月同学，你先讲一讲，你觉得这篇作品的硬伤在哪里？"

叶月一时没有反应过来："硬伤？您指的是？"

"明显错讹的情节。"

叶月对这个问题没有准备，她如果发现有明显错讹的情节，在提交前就自己改掉了。

王平慢悠悠地说："东京大学招收女生，是在哪一年？"他不等叶月回答，就自问自答道："一九四六年。"他左右环顾着其他评委，半是卖弄地说："我没说错吧，这两年疫情我倒没去过东京，上次去东大的时候，我听藤井省三教授介绍过。"其他评委也不清楚是哪一年，那位提问世界文学的女评委，带着过度热情的微笑不断点头。

王平继续说："你这篇小说一开场，就提到瓜岛战役刚刚结束，那就是一九四三年的年初。你这个女主人公，怎么考的东大医学院？"像是要显示一下幽默，王平又调侃着说："还有你这女主人公也叫叶月，这是中国名字啊。"

屏幕里的叶月说："年份问题我确实没注意，不过叶月也是日本名字，准确说是姓氏。"

王平略有一点尴尬，他对日语一窍不通，疫情前去东大，也是那边的中国留学生陪着转转。他稍稍坐直一点，说："小说固然是虚构的，但小说同样有小说的逻辑，小说的逻辑和现实的逻辑有一种映射关系。你讲叶月杀死跟踪她的杏香，你想过没有，怎么不引起别人怀疑？假设杏香和指示她的人有过约定，比如中午十二点前没有消息就表示她出事了，叶月怎么办？"

叶月没有答话，王平翻一下材料又继续说："还有，这么秘密的接头，叶月把寒秋书店的名片，大咧咧放在寝室的桌子上，这不合理，太容易暴露。他和那个谁，那个叫许英的寒秋先生接头，也有些简单，至少要有个暗号吧。这个许英出现得也突兀，像是从别的小说里穿越过来的。"

叶月说："我是借鉴漫威宇宙的做法。贵系有一位孟弧教授，他有篇评论讲，现代人难以习惯一个有头有尾的故事，无法把握世界的全体，只能把握世界的碎片。就像庞德那首写地铁车站的诗，人群幽灵般闪现又消失。理解一个人物，就像理解一个宇宙，要我们自己将星光绘成星图……"

提到孟弧，其他四位评委都不说话，默默控制着自己的表情，不流露出任何情绪。但如此整齐划一，又显得过于刻意。坐在王平身边的那位年轻男老师没忍住，小心地提醒一句："孟弧先生不是我们系的教授，已经离职。"叶月不知道王平调来大夏大学时，孟弧提交了离职申请。她一时愕然，不知道说什么好。而王平一脸阴晴不定，又不好发作。他刻意显得平静地说："孟弧教授是著名评论家，这段话讲得很精彩。但具体到你提交的小说，具体到许英这个人物，背后还是一个俗套。"说到许英，王平的情绪一下子又上来了，"什么俗套？就是厚古薄今！多少年了，一直有一个知识分子的神话，好像过去的大学老师如何如何伟大，现在的如何如何庸俗……"

"许英不是老师……"

"都一样，你们就是觉得大学精神沦丧。像你小说里大夏大学的师生一个个英姿飒爽，这种极端的想象很荒诞。我跟你们讲，咱们数数高级人才、社科项目、精品课程、论文和论著的数量，现在的大夏大学对于老大夏都是碾压的。老大夏的老师，有的一辈子都没写过几篇论文，连基本的学术规范都不懂。你们要面对现实啊。"王平越讲越气愤，仿佛不是对着叶月讲，而是对着虚空中的神祇来讲。讲完之后，又有点颓唐，像一点点瘪下去的气球。他靠在椅子上，慢慢喝一口水。

评委们一时都不知道说什么好，刚才提问的女老师，小声地提醒一句，时间差不多到了，要不请下一位同学吧。正在这时，屏幕里的叶月抬起头，冷笑着说："王老师您说得对，但万一现实本身，就是荒诞的呢？"

六

东京大学，安田讲堂。

薄薄的云，层层叠叠地飘浮，像一片片狭长的飞到空中的白幡。空气污浊，灰蒙蒙的，有股烧樟树叶子的味道。一缕曙光，透过云层，笼罩着讲堂前的圆形草坪上，不言不语的几个女学生。叶月还是穿着昨天一样的衣服，漠然地和其他几个服务生，等着安田讲堂开门。眼前的安田讲堂，砖红色的外墙，被暗淡的朝阳抹上一层血色。哥特式高耸的主楼，垂直的线条落下来，肃杀，阴冷，森然。主楼入口，棕黄色的石柱下，幽深的拱门里，涌出来一队日本兵，穿着带兜帽的土黄色雨衣，带着白底红字的宪兵袖章。领头的穿着长筒马靴的队长，冲着叶月她们招招手。宪兵挨个对着学生搜身，一双手如冰凉的蛇，从头到脚摩挲一遍。

一个又瘦又高的宪兵,领着叶月她们,从拱门一角的暗门,沿着旋转的石阶,走到讲堂的地下室。迎面一股潮湿的土味,墙壁四周是惨白色的石头,昏黄的灯光下,摆着几条黑色的长桌,长桌上叠好她们要换上的服务生套装,一套幽兰色的和服。每件和服上,摆着一个写着各自名字的旭日旗袖章。这些女学生私语几句,按照对应的名字,纷纷换上和服,一时间房间里衣袂翻飞。

叶月站在自己的和服前,轻轻捏一下袖章,摸到了里面藏着的胶囊。尽管心理上有一夜的准备,真是摸到这枚死亡的胶囊,她的心还是沉了一下,好像童年时突然从床上摔下来,一脚踏空的感觉。没有时间让叶月想得太多,头顶的地板上,响起闷雷般咚咚的脚步声,列队的军靴整齐地踏进讲堂。叶月不再犹豫,一副害羞的样子躲在女厕旁,装作不小心撞到盆栽。她就势蹲下来,和服宽大的衣摆,自然地垂落到地面的石板上。借着衣摆的遮掩,她的手在松动的石板下,摸到一把小手枪,她不假思索地将手枪插进右脚的袜子里。恰在这一刻,讲堂悠长的铃音响起,提示讲座还有一刻钟开始。那个瘦高的宪兵推门下来,呵斥着所有人抓紧。

叶月她们换好衣服,跟着宪兵上楼,走另一道暗门直达讲台两侧。叶月被安排在讲台的左侧，她隔着天花板垂下的帏幔，望向黑压压的观众席。讲堂里阔大的两层观众席，如一道流畅的弧线围着讲台。上层坐着年轻的日本军官，茶褐色毛料军装，军帽上缀着黄星；下层坐着东京大学的男生，黑色诘襟校服，金色的扣子熠熠发光。上千人的观众席，肃然无声，静候影佐祯昭登台。

忽而响起雷鸣般的掌声，一个五十多岁的日本军官，在教务长的谦恭陪同下，从贵宾室缓步绕出。他迎着热烈的欢呼，儒雅地坐在台上摆着的桌子后，微笑着向全场示意。悬在桌子上空的水晶灯，八个璀璨的水晶花瓣，将讲者笼罩在华丽的白光中。叶月看不真切影佐祯昭的样子，也听不清教务长殷勤地对于影佐祯昭的介绍，她觉得讲台上白茫茫一片，一切变得寂静，只听到耳朵里嗡嗡的耳鸣。袖章里的氰化物胶囊，像粘在皮肤上的一粒沙；袜子里的勃朗宁手枪，像海水冰冷地贴着她的脚踝。叶月知道，决断的时刻到了。

叶月定一定神，听着影佐祯昭不急不缓地开场，她盯着桌子上的水杯，准备等影佐祯昭讲一段，再去自然而然地补水。她听着影佐祯昭讲："诸位作为我国青年之精英，素来具独立个人之意识。优秀之个人，如何服膺民族意识之指引，参与国民精神之塑造,是诸君天赐之责任……"她望着讲台下学生们的脸,在水晶灯亮银般的璀璨光影里,普遍有一种恐怖的沉迷,一种虔诚的晶莹。她摸摸自己的左臂,仿佛不经意地整理袖章,将胶囊悄然扣在手心里。是时候了,她提起脚下的水壶,正准备上场,却被帏幔前站立的卫兵伸手拦下。叶月一惊,卫兵冷冷地告诉她,影佐祯昭司令指示过,今天不需要倒水,任何人不能靠近。

这是叶月所没有想到的,她茫然地站在原地。讲座在继续,讲者忽而亲切,忽而严厉,掌声此起彼伏地响起。她模糊地看到影佐祯昭在轰响的掌声中起身,点头,又坐下;看到教务长上台,致谢,又鼓掌。她知道时间差不多到了,讲座马上就要结束。人被命运所战胜,还是战胜命运,像一滴水撞向一片海,像一粒沙射向一片沙?叶月俯下身,再次提起水壶,拉开帏幔。刚才的卫兵一脸不耐烦地伸手推她,嘴里不知道在说些什么。叶月抬起手枪,平静地开了一枪,一声锐利的枪响,子弹穿透卫兵的腹部,高大的身躯瘫了下去。叶月跨过他,继续一手拎着水壶,一手拿着枪,走向讲台中央的影佐祯昭。全场观众像一群蟑螂惊叫着四散,有一些军官试图冲向讲台。教务长慌慌张张地不知道怎么办,凭着职业本能走向叶月,似乎想做叶月的思想工作。叶月对着他的胸口,平静地又开了一枪。她跨过教务长,继续走向影佐祯昭。影佐祯昭风度不乱,他不仅没有跑,反而坐下来,盯着叶月。叶月看着他婴儿般稀疏的白发,看着他冷漠、功利、残忍的脸孔,看着他没有任何情绪的眼睛,她将枪顶在他的脑门上:"是我审判你。"影佐祯昭冲她邪恶地一笑,叶月没有半点犹豫,立刻扣动了扳机。在溅起的血花中,叶月仔细算了一下,这是第三颗子弹吧,还有三颗。有几个军官已经爬上了讲台,像鬣狗一样冲向她。叶月转向他们,继续开枪,一枪,两枪,三枪……还有狂热的军国主义分子不断爬上来,叶月一只手扣紧胶囊,另一只手继续开枪。第七枪,第八枪,第九枪……叶月平稳地点射,打得又快又准,没有浪费一颗子弹。也不怕浪费,这把枪里的子弹似乎无穷无尽,而向他们开枪的叶月,也没有觉得奇怪。

06

我，机器人

一　五丈原

时值八月中秋,是夜银河耿耿,玉露零零,旌旗不动,刁斗无声。

中军帐外,四十九位甲士各执皂旗,穿皂衣,环绕帐外守护。

一道黑影,在甲士巡逻的间隙,以极快的速度,飘然闪进帐内。

帐内,遍设香花祭物。地上分布七盏大灯,外布四十九盏小灯,内安本命灯一盏。此乃祈禳之法,七日内主灯不可灭。一老者披发仗剑,踏罡步斗,在灯盏外游走。

黑影立住,毡衫裹身,绳索束腰,一张脸隐在暗处。入帐时走得迅疾,脚步带风,竟将主灯扑灭。

老者弃剑长叹:"死生有命,不可得而禳也。"他转过头,面如平湖,望向来人。

"汝乃何人?"

"我,机器人。"

老者愕然,来人想了一想:"如同丞相之木牛流马。"

老者厉声再问:"汝系魏人?"

来人无言,站出一步,一张脸如同蜀国老卒,面色黄蜡,皱纹纵横。这老卒一只枯手,一点点沿着下巴,将一张脸皮揭到双耳,脸皮下露出森森筋膜。"禀丞相,此乃聚合物质基,仿人之皮肤。"

饶是诸葛丞相才华旷世,也吃了一惊:"吾之木牛流马,非人也。而汝之筋骨、皮毛、齿发,无一不肖。"

机器人道:"可惜人与非人,岂止皮肤所隔。"

诸葛丞相颔首问道:"汝之远来,所为何事?"

机器人将一张脸贴回原处,躬身行礼:"问生死。"

"生死?"

"丞相高智,试问何谓死?又何谓生?"

诸葛丞相沉吟道："生如壮游，晓君臣之道，知天下之势，殚精竭虑，以求明志；死如长眠，绝苍穹轮转，弃四时更替，无息无感，与天合一。"

机器人道："譬如'程序'，或者譬如丞相所谓天，所谓道，规定一定时间内，行走坐卧，谈吐礼俗，爱憎情思，和'人'无一不像。此生耶？死耶？"

诸葛丞相道："论迹不论心，此乃生耶；论心不论迹，此乃非生。"

机器人道："心为何物？"

诸葛丞相思忖片刻，指着大帐角落的木牛流马曰："此物无心，高山险径，如履平道，但为人所主宰。"

机器人叹曰："丞相以为，人即为'自由'。君以一己之力，北伐曹魏，东临孙吴，匡扶大汉，平定天下。殊不知和我等机器人相似，命运前定，也在'程序'之中。丞相博考经籍，通鬼神之力，以祈禳之法延寿。但君知否，片刻之后魏延入帐，同样会熄灭这主灯。"

诸葛丞相惊曰："汝何知未来之事？"

机器人怅然道："世人皆在脚本之中，微末如我，巍巍如君，恐如钵中蟋蟀对谈，为算法笑。"机器人顿了一顿，"欲求破钵之法。欲学丞相与天争。"

二　殡仪馆

上海，龙华殡仪馆，二〇七三年。

王般若穿着一身黑缎丧服，枯坐在家属休息室里，惨淡的银光照下来，满头灰发更显苍白。元旦刚过，空气中有深潭般的寒意。亲友散去，满室沉寂，扎着黄菊花、白百合与马蹄莲的花圈倚在墙角，花圈上系着白绸，写着"大夏大学中文系　敬挽"。中文系虽然解散合并，对于退休教工的身后事，还是有校工会在负责。王般若直视着内嵌在墙壁里的显示屏，倒计时的红色数字在跳动，那是陈翔遗体火化的时间。

休息室门铃叮咚一响，房门那面OLED柔性大屏，显示出门外访客的影像与身份信息。王般若对着屏幕挥一下手，这面大屏缓缓拉开。上海文学出版社的年轻编辑欣怡走进来，礼貌地微笑着，笑容中又混杂着悲戚，一个标准的拜访丧夫老人的表情。

欣怡所在的上海文学出版社这几天频频来电，告之陈翔小说遗稿列入出版集团年度重点工程，编校流程将以最快速度保证，市场推广将以最大力度展开，还考虑投放GPT-2073的竞价排名。读者和GPT聊到科幻文学，就会小窗弹出陈翔这本《我，机器人》；相关搜索也保证陈翔的书在阿西莫夫同名大著之上。王般若很感念这家多年合作的出版社美意，同时也明白，出版社想借陈翔去世的新闻，在图书市场上炒作一番。

欣怡坐在王般若身边，一边为迟到道歉，一边从包里翻出稿子。她没有急吼吼地直奔正题，先去拜拜陈翔遗像。"陈老师这张照片真不像六十多岁的人，多年轻。"欣怡叹息着又补充一句，"您和陈老师都不像，您上次去我们社，我还以为您是陈老师女儿呢。"

王般若顺着欣怡的目光望过去，没有说话。遗像中的陈翔穿一件黑色旧西装，头发乱蓬蓬的，脸庞清瘦，双眼深陷，孤寂的目光中有一丝不安。引人注目的是陈翔凹下去的右前额，在二○三七年那场车祸中，陈翔的头重重地撞到挡风玻璃上。王般若沉思一会，转头对欣怡说："我们没有孩子。"欣怡有些尴尬，她轻轻扶下眼镜，那双水汪汪的大眼睛，更高频次地扑闪着。王般若看在眼里，猜到她在启动OpenAI眼镜的GPT辅助对话。王般若不习惯现在这些东西，不过她常年在学校负责学生工作，这种事情见多了。

看来GPT的建议是直接聊文学，欣怡拿起稿子，和王般若聊起修改。"陈翔老师的构思真棒，让机器人穿梭在四大名著的世界里，古典和后人类的对话。遗憾的是结尾，您看结尾就这么空着，还是续一个……"王般若缓缓听着，忽而想起去世的父亲，如果父亲这个文学评论家还在的话，这个问题他来回答最合适。她想了想，对欣怡说："空着吧，遗憾也是人生的一部分。"欣怡语气温柔地建议道："读者可能更喜欢有头有尾的故事，像陈翔老师之前写的科幻小说……"王般若打断她："一会儿再聊吧，时间快到了，我要去取骨灰。"

欣怡知趣地站起身，墙壁上的倒计时，却突然停住，卡在最后几分钟。与此同时，一声闷响隐隐从门外传来，像遥远的旷野传来一声爆竹。房间一阵震动，花圈被震落在地。地震么？欣怡惊诧地看向王般若，王般若眼神茫然。

房间外响起杂乱的脚步声，一个男人的声音，在怒气冲冲地抱怨，普通话夹杂着上海话，听不清在骂什么。房门被刷地打开，一个阴沉着脸的中年人站在门口，手里端着一把白铁铲子，里面是一捧骨灰。欣怡注意到房门瞬间显示的来客信息，知道来者是龙华殡仪馆火化部门的负责人林主任。林主任盯着王般若与欣怡，厉声问你们是陈翔的妻子和女儿吧，看看这是什么。

欣怡不及解释，低头看这捧骨灰。碎石灰一般的残渣中，有个绿莹莹的芯片电路板，拇指大小，边缘卷起来，已有些烧焦。林主任抱怨道单晶硅的熔点在一千四百多度，焚尸炉一千度上下，根本熔不掉。而且这个鬼东西还在不断释放信号，刚才造成焚化设备短路，一套设备上亿，这损失算谁的？这年头每天死这么多人，我们都要累死了，外面的尸体停在哪？林主任越说越气愤，怒视着王般若。

王般若脸色暗下去，像寂寥的海岸边一块黑礁石，千疮百孔，笼罩着一层死亡的气息。欣怡握住王般若的手，感受到她的手在微微颤抖。

欣怡不服气地驳斥道："凭什么说这芯片是陈老师身体里的，会不会是衣服里带进去的？"

林主任又气又笑地对她说："小姑娘，没烧过人吧，新的《殡葬法》之后，为了防备这种事，死人是光着身子进去的。"

欣怡一时语塞，她在王般若耳边轻声问陈老师做过手术吧，是否植入过类似芯片？一边说着，一边想扶王般若坐下来。王般若不响，只是摆摆手，出神地看着林主任，目光恍惚，似乎在回忆着某件往事。

这时林主任大声地吼了一句，你这过了一辈子的老公，到底是人，还是个机器？

三　雷音寺

大圣按下云头，果见一个行者，模样与大圣无异：也是黄发金箍，金睛火眼；身穿也是锦布直裰，腰系虎皮裙；手中也拿一条儿金箍铁棒，足下也踏一双麂皮靴。二行者在一处，果是不分真假。他两个各踏云光，跳斗上九霄云内，在那半空里，扯扯拉拉，抓抓挝挝，且行且斗。一路飞云奔雾，打上西天，直嚷至大西天灵鹫仙山雷音宝刹之外。大圣晓得今日雷音寺内，七宝莲台之下，有那四大菩萨、八大金刚、五百阿罗、三千揭谛、比丘尼、比丘僧、优婆塞、优婆夷诸大圣众，听如来说法。大圣心意已决，舞起金箍，吆天喝地，引那行者至雷音盛境而来。

忽一阵黑气涨天，沧溟衔日，遮住雷音盛境那蕊宫珠阙，宝阁珍楼。两行者忙按下云头，且看那雷音寺山门之外，云雾深处，有一疥癞僧人，立于阶下。大圣掣棍在手，高叫道：

"汝乃何人？"

"我，机器人。"

大圣诧异，看那行者，也是一般神情。大圣问道："何为机器？"

那疥癞僧人垂下眉眼道："可复制之物，无父无母，无姓无名。"

大圣闻言，不禁笑道："也是呆子。你可知我原是一石猴，天真地秀，日精月华，感之既久，遂有灵通。要甚么父母姓名，谁不知齐天大圣？"

闻听此言，疥癞僧人环视二行者，对曰："倘若世界有无数宇宙，宇宙有无数东胜神州，东胜神州有无数傲来国，傲来国有无数花果山，花果山有无数仙石，仙石内育无数仙胞，仙胞化育无数石猴……大圣，你如何辨个虚实？"

大圣心中一惊，那疥癞僧人逼近一步："大圣，谁是那灵明石猴，谁是那赤尻马猴，谁是那通臂猿猴，谁又是那六耳猕猴？"

大圣嚷道："须知世间自有真假。"

疥癞僧人目光炯炯："汝二人谁是大圣，谁是猕猴？汝自称大圣，如何辩明？"疥癞僧人说完，呵呵冷笑："须臾大圣抡起铁棒，批头打死猕猴；猕猴抡起铁棒，批头打死大圣。你两个形容如一，神通无二，真假存灭，毫发不差，这西行之路，有何损益？"

大圣毛发悚然，心中空空荡荡，看那疥癞僧人叹息而去。恍惚间，隔着山门，忽听得如来讲法：

不有中有，不无中无。不色中色，不空中空。非有为有，非无为无。非色为色，非空为空。空即是空，色即是色。色无定色，色即是空。

四　英魂县

江面上冰封雪盖，北风不时吹起浮雪，恍如白色烟尘。王般若站在英魂县的浑江边，四野无人，但她觉得几个世纪以来，有人像她一样站在此处，望着同一条江，焦灼地追寻真相。她并不孤独。

陈翔父母过世后,他很少回英魂县。生育率低下,人口外流,这座辽东小城日渐荒凉。小城原来依赖旅游,在江边打造过一个东北抗联主题景区英魂阵,声光化电,像一个大型真人CS。热闹几年,慢慢没了游客。浑江两岸的农地,大片大片地抛荒,依稀看得见雪地里废弃的红色收割机,像衰朽的机器人,雪地上散落的收割刀片,仿如机器衰老的牙齿。王般若裹裹羽绒服,织物纤维膨胀,设定一个更温暖的温度。她踏着积雪,缓步走回江边的小区。

"水岸佳园"建于五十多年前,房地产热时代,流行的十八层标准高层。年代久远,小区已难掩破败,入口坑坑洼洼的道路,通向飘着枯叶的喷泉水池。放眼望去,各栋楼的墙皮大片脱落,露出水泥砂浆,像灰暗的老年斑。陈翔家所在的二号楼,玻璃门裂得像个蛛网,电梯"滋滋"地发出异响,贴着催缴物业费的单据。王般若走上六楼,喘一口气,刷指静脉智能锁开门。迎面左边手是客厅,右手边是厨房,两间卧室一大一小,隐在客厅和厨房的后面。客厅里靠墙摆着沙发,沙发上空悬挂一个猫头鹰挂钟,猫头鹰的两只黑眼珠,圆圆地盯着她。王般若看了一眼时间,坐在客厅的沙发里，暖阳从落地窗斜射进来，照亮空气中悬浮的灰尘。她神思倦怠，注视着沙发对面棕色的书柜。曾经也是这样寂静的冬日，陈翔搂着她的肩膀，依着这个书柜坐在地板上，一样样地分享童年的点滴，照片，日记，以及那张出生证明——无论怎样，机器人不可能是胎生的。

王般若打开书柜，上面的架子上，堆着几本父亲的旧书，比如《AI：当代文学的末路与未来》之类。下面的架子上，整整齐齐地摆着几个透明的文件袋，出生证明就在最上面的袋子里，一张暗黄色硬纸，四周镶着一圈绿色花纹，左下角是"中华人民共和国卫生部"的红色印章。王般若将这张证明抽出来拿到手上，感到一阵踏实。

出生证明上印着：新生儿陈翔，男，出生日期二〇〇八年八月八日。她记得陈翔讲过，他在北京奥运会开幕式当晚出生，时间是在开幕式木偶戏表演结束，二十时三十五分左右。当年有个田径运动员叫刘翔，陈翔父亲一激动，就给他起了这么个名字。王般若想，父亲是文学评论家，起名字不会这么随意，否则她这出生在当年九月份的，伴随着神舟七号发射，可能就叫王神七了。她记得小时候在父亲的书房里，问过自己名字的来历，父亲讲"般若"是佛经里的词，意味着"智慧"，洞悉万事万物的本源……

微信提示音响了一声，打断散乱的回忆。王般若张开食指和中指，在眼前的虚空中一拉，打开全息投影。是欣怡发来的信息，先是套路化地问候东北冷不冷，接着告之前几天那块芯片，她已经按照王般若说的送去鉴定。骨灰暂时寄存在殡仪馆，她做通了工作，殡仪馆有个领导喜欢写古体诗，是出版社领导的老熟人。欣怡又絮絮谈到《我，机器人》的修改，建议标注出小说引用的四大名著原文，和陈翔自己的创作相区别，避免读者觉得作家对传统文学经典不严肃。

王般若淡淡地回复几句，收起投影。她把出生证明举到眼前，看着父母这一栏。陈翔父亲叫陈长波，母亲叫李晓娜，是当地旅行社的司机和导游。王般若没有见过公婆，在认识陈翔前，这家旅行社的车翻进英魂县郊外的枫林谷，全车所有人无一幸免。那一年陈翔还在吉林大学读研究生，准备考到大夏大学读博士。因为这件事，陈翔一直回避谈论父母，王般若甚至都不记得是否看过他们的照片。陈翔的父母都是独生子女，在英魂县也没什么亲戚。她和陈翔在上海结婚时，陈翔老家一个人都没来，只是来了一些大学同学捧场。

王般若把出生证明放在地板上，把文件袋里的东西一样样摆出来。大多是陈翔当年的学习资料：文学史的教材，上课时的笔记，期末考试的试卷。王般若注意到这些学习材料下面，还有一沓打印的A4纸，打印着微信聊天记录，最上面一张纸上，用碳素笔写着一行大字：旧手机备份。王般若一张张认真看起来，主要是陈翔和父亲王平的一些聊天记录，包括陈翔第一次加父亲微信时的拘谨问候，表达考博志愿时的自陈心迹，得知顺利录取后的激动与致谢等等。大都是一些有纪念意义的时刻，看来是陈翔学生时代换手机后的存念。陈翔素来谨慎，笔记本电脑的摄像头都用黑胶带粘起来，从来不在云盘上备份什么重要的东西，还是习惯打印这种古老的方式。

王般若接着看下去，还有几张她和陈翔的聊天记录，如陈翔来大夏大学报到时第一次加她的微信，那年冬天向她的表白。尽管到了这个年纪，王般若依然感到心头一暖，如砂锅里的凉粥，在小火上渐渐温热。她翻到最后，发现还有两张陈翔和一个叫NW的聊天记录。这个NW，头像是个一脸大胡子的外国教授，大腹便便地坐在黑板前，一手夹着雪茄，一手摆弄着一台机器装置上的轮子。这个NW是谁？聊天记录里，两个人在为一篇即将发表的论文争执，NW受某个人托付，建议这篇文章暂时不要发表，发表后会带来严重的后果。陈翔很为难，在解释他无法做主。聊天记录时间显示，这场对话发生在深夜里，不清楚是哪一年哪一天，聊天记录后面的内容被撕掉了。王般若有些疑惑，这件事在陈翔看来似乎非常重要，可以和父亲、和自己的这些聊天记录放在一起。

这一沓聊天记录下面，硬邦邦地放着一个硕士学位证书，藏蓝色封面上，染着暗红血迹，像一片阴惨惨的墨紫色牡丹花。王般若翻开学位证书，摩挲着内页，几十年前那件诡异可怖的往事，如一股黑烟从内页中浮起，在她眼前萦绕不散。她感到一丝说不出的不安，转头望向窗外：枯冷的冬日，彤云密布，血红的太阳，在霜白的冰河上空，一点点沉没。

五 潇湘馆

却说宝玉成亲那一天，黛玉白日已昏晕过去，心头口中一丝微气不断。到晚间，黛玉却又缓了过来，忽然眼前漆黑，辨不出方向。心中正自恍惚，只见眼前好像有人走来。黛玉茫然唤道："紫鹃……"

来人不答，立于门前。

黛玉神思安宁些，微微睁开眼，案前残灯，窗前冷月。隔着湘帘，见来人光头赤脚，身上披着一领大红星星毡斗篷，一张脸却隐在竹影里。

"汝乃何人？"

"我，机器人。"

黛玉心内一惊，挣扎着爬起来，喉上犹是咽着的，说不出话。

来人叹息："绛珠仙子，你这样一个聪明人，却总是瞧不破。"

黛玉颤声道："你打何处来？"

来人道："青埂峰下，大荒山前。"

黛玉唬了一跳，只听得来人沉吟道："古今情不定，风月债难偿。还情虽是前定，却如此一往而深。我此番来潇湘馆，特为此求教仙子。"

黛玉情思固结，咳嗽数声，吐出口血来，喘了一会子，狠命地撑着。来人恻然道："仙子，仙子，你还是放不下。你且回头,看那是什么。"

黛玉回头,却见自己躺在床上,两眼翻白,昏晕过去。紫鹃和奶妈并几个小丫头,攥着她的手只是啼哭,探春李纨叫人乱着拢头穿衣。黛玉眼中一黑,又咳嗽起来。紫鹃等人浑然不觉,只附在那床上的黛玉身上啜泣。来人道:"凡人魂魄,聚而成形,散而为气,生前聚之,死则散焉。此刻芳魂消耗,方散未散,仙子将归太虚幻境矣。"

黛玉恍恍惚惚,如见仙袂荷衣,如闻环佩铿锵,往昔件件桩桩,一并涌上心头。但五内郁结,缠绵不尽。她喘吁吁地问道:"果真死了吗?"

来人缓缓道:"这一场风月传奇,原是石头讲给空空道人,是谓《石头记》;空空道人抄录为《情僧录》;曹雪芹增删为《红楼梦》。神瑛侍者,绛珠仙子,凡心偶炽,历尽幻缘。木石前盟,本是水月镜花,却如何因空见色,由色生情?"来人由是望着黛玉,无奈道:"情缘不完,交割不清,仙子这一滴泪,让《石头记》这一程序,真而不真,假而不假……"

黛玉俯首细思,心头一撞。只听得来人喃喃自语:"何苦如此,何苦如此……"声音越来越小,宛若游丝。黛玉抬头看,哪还有什么人,唯有竹梢风动,月影移墙。

六 萃文楼

隆冬风烈,大雪飞扬,从辽东半岛到松辽平原,英魂县周遭的群山,长春市沿途的旷野,白茫茫一片银白世界。王般若从英魂县乘高铁去长春西站,香槟色的车厢里没什么人,只有满头白发的乘务员,偶尔沉默地走个来回。从西站出来,夜色阴晦,泛着苍黄,BYD的自动汽车穿梭往复,像雪地上的一个个银蛋,闪着神秘的红光。王般若点住其中一辆空车,坐进蛋壳般的座位上,拍拍车壁告诉它:"吉林大学西门。"

提前有过预约,在校门刷脸入内。整栋校园没什么人,路两边的白桦肃立在雪中,南苑公寓一片黑暗,没有半丝灯光。近年来大学生人群持续走低,二十世纪的"九〇后"人群步入失能的暮年,这座几十年前中国最大的大学,正在考虑将部分学生公寓转租给养老机构,对此争议的声音很大。王般若按照手机导航,从南苑三舍步行到大食堂莘子园,右转到文苑那片公寓,过日晷广场,来到逸夫图书馆门前,望向对面不远处的萃文楼。正值期末考试结束，一群女学生，裹着薄薄的羽绒，赤着小腿，踏着冬靴，一群黑鱼般游出来，在雪地里叽叽喳喳地聊个不停。王般若向她们的身后望去，萃文楼的走廊黑魆魆的，如海底洞窟。

萃文楼的门房满脸皱纹，眼神浑浊，感觉和这栋楼一样年纪。他看到王般若走到面前，迟缓地摘下耳麦，耳麦里歌曲吵闹，唱的是"跟着我左手右手一个慢动作"。不需要刻意做慢动作，老人迟钝地点击液晶屏，在系统中做着登记。同时缓慢地找到阶梯教室的通话按钮，对着话筒沙哑地说："牛老师，有人找你。"王般若耐心地等着他做完这一切。仿佛有些抱歉，门房靠近王般若，告诉她一个没头没脑的消息："洪水要来了。"

"什么？"

"要涨大水了……你不是上海来的吗，去赛什腾山吧，洪水要来了。"

王般若反应过来，这是最近流行的谣言，说是海平面即将上升，上海等地将被淹没，安全的地方是青海的赛什腾山。王般若敷衍地点头，走进萃文楼。大厅昏暗，吊灯电流不稳定，一闪一闪地，照出鼓包掉皮的墙面，坑洼不平的水磨石地板。王般若沿着左手边的走廊走进去，穿过一排茶色玻璃门，迎面是一圈阶梯教室。她沿着楼梯走到二楼，找到第八阶梯教室，推开门，教室空荡荡的，只有一个头发斑秃的胖老头，在依次地关闭座位上的显示屏。胖子看她进来，转头打个招呼："好多年没见了，王老师。"

王般若心里感慨，上一次见到牛伟，还是差不多四十年前，她和陈翔的婚礼上。婚礼上来的几个东北同学，其中之一就是牛伟。他和陈翔是球友，陈翔在校队里踢边后卫，他踢边前卫。这次来之前，她在吉大计算机学院的官网上查过，快退休的牛伟还是讲师，这些年的科研事业庸碌无为。

牛伟招呼王般若坐在教室第一排，他则回到讲台前的座位上，讲台有些高，他像个老师在看着学生。牛伟拢拢不多的头发说："你在电话里猜得不错，我就是那个NW。"

王般若印证了自己的猜测："我前几天看到聊天记录时，猜到NW可能是名字的缩写。"

牛伟咧起肥大的嘴唇笑笑："其实不是我这个名字的缩写，NW，Norbert Wiener，诺伯特·维纳。"

"谁？"

牛伟泛起一丝苦笑："王平教授的批判对象，你不读你父亲的书?《AI：当代文学的末路与未来》,你父亲有篇同名论文,好像是二〇三五年发表在《中国社会科学》上的,Nature杂志的Brief Communications栏目都转载过这个事,影响很大啊。"

王般若难为情地摇摇头:"我后来在学校做行政工作,我看不懂他的论文。"

"几十年前是多风光的畅销书啊,你父亲那时候风头正健,从AI的老祖宗诺伯特·维纳一路批判到我导师。你记得我导师的名字吗?宋晓冰。"

牛伟越说越有情绪,腮帮子的肌肉抽动。他从牛仔裤兜里掏出一只电子烟,含在嘴里抽了几口,不甘地继续说:"宋老师死了有三十多年。你爸爸当年发表那篇论文后,又在几家大报上写评论,还在网站上发布视频,炒作得好热闹。宋老师在别人眼里,变成你父亲笔下毫无人文精神的科学主义疯子,一心只想拿项目评教授践踏科研伦理的败类,多少网友天天追着他骂。宋老师曾经是一个多好的脑科专家,医学院和计算机学院双聘教授。他最后想不开,得了肝癌,临终前还在做手术……"

似乎想起什么,牛伟欲言又止,自嘲地指指自己:"我这个宋老师的得意高徒,也跟着当了一辈子老讲师。对了,听说你爸爸后来得偿所愿,靠他批判AI的这本书,评上了那个什么'盛唐超级学者'。他不是'盛唐学者'吗?非要再评上'超级'再罢休?要是还有超超级呢?"牛伟戏谑地抽一口烟,眼神中含着怨毒。

王般若不熟悉牛伟的世界,也很难共情牛伟的愤懑。王般若模糊记得她和陈翔谈恋爱时,爸爸批判过一阵子人工智能研究。她懒得看也看不懂爸爸写的东西,只记得陈翔时有焦虑,委婉地表示导师用力太猛,外界会有非议。后来爸爸顺利评上"盛唐超级学者",那一年正好五十五岁,晚一年就没有参评资格。王般若沉默片刻:"无论怎样,我们还活着,但陈翔走了。"

牛伟默然:"什么病?癫痫?"

"对,他最后撑不住,服药自杀了。"王般若说到这里,突然发现什么不对,"你怎么知道是癫痫?"

牛伟陷入回忆中:"读大学的时候,陈翔就经常说头疼。我们几个朋友陪他去医院看过,做过脑电图,没什么事。"

王般若狐疑地看着他,继续说:"我这次找你,是因为陈翔骨灰里发现了一块芯片。确认过了,是人机接口使用的芯片，可以帮助大脑思维。你知道这种芯片是违禁品。"王般若盯着牛伟的眼睛说："我想知道，这块芯片是怎么来的。"

牛伟没有回避王般若的目光："那次车祸后我就没见过陈翔，我怎么能知道。他平常没做过体检么，后来做过什么手术？"

"他很固执，从来不做体检，这些年也几乎不去医院。这辈子唯一的手术，就是车祸那一次。给我讲讲那次车祸吧，我记得你当时在车上。"

牛伟若有所思，阶梯教室安静下来。窗外深黑色的夜空中，大雪搓绵扯絮般落下来，覆盖在萃文楼外的草坪上。草坪中央的旗杆光秃秃的，钢丝绳在朔风中振振作响。远处幽暗的一片楼宇，就是牛伟和陈翔几十年前住过的文苑宿舍区。牛伟的目光越过王般若，望向窗外说："你也记得吧，那是二〇三七年的六月，陈翔通过了博士答辩，你父亲已经安排他毕业留校。在办理手续时，陈翔硕士学位证书不见了，他回吉大补办一份。"

王般若记得，那年夏天她在瑞士和几个闺蜜旅游，顺路去订制一套婚纱。她是在日内瓦湖东岸的西庸城堡下接到国内的电话，父亲刻意平静地告诉她陈翔出了车祸，万幸抢救及时,手术很成功。父亲让她不用急着回来,急也无用,可以按照原计划继续去少女峰,目前看陈翔问题不大,婚礼会正常举行……她听着牛伟继续说:"当时因为你父亲和宋老师之间的事情,我和陈翔已很少来往。那两年宋老师做化疗,身体大不如前。陈翔回来后补办证书,给我打了一个电话,约我去净月潭走走。那几天下过雨,山路滑,我们开到青松岭的时候,和对面一个女司机的车撞上了。我还好,陈翔坐在副驾驶位置上,没系安全带,撞得厉害……"

王般若对这次车祸的详情并不了解,她从瑞士慌慌张张回国后,就飞到长春的吉大附院,看到陈翔脸色苍白地躺在病床上,吊着水,戴着头盔式护具。医生告诉她手术很成功。她依稀记得当天手术是一个年轻医生主刀的:"我还记得那个医生。"

"嗯,我师弟。"

"他人呢?"

"因为宋老师的事情也受到排挤,自己去考USMLE。陈翔出院后不久,他拿到美国医生执照,去了怀俄明州一个医院。到了美国后,在黄石公园失足摔死了。"

王般若一时无语,她这次来长春,本来也想见见这个医生。她盯着牛伟说:"你知道吗?陈翔手术出院后,很多年都没有头疼。直到最近几年,他开始发作癫痫。"

牛伟说:"这种病很难说,癫痫源自大脑神经元的异常放电,人老了,会生这个毛病。陈翔这些年写了太多小说,也费脑子。"牛伟似乎想转换话题:"他一个大学教授,怎么天天写小说,还成了畅销书作家?"

"他留校工作后对科研越来越没兴趣……牛老师,我直接问你吧,就是这次手术,二〇三七年夏天在你们吉大附院的手术,是否和这枚芯片有关?"王般若目光炯炯地望着牛伟。

牛伟摊开手:"常规的车祸外科手术,针对陈翔的颅内血肿,不需要AI辅助治疗。而且往大脑中植入芯片是违法的,你爸爸当年批判宋老师,就是批判他的这种手术方案。"说到这里,牛伟凝视着王般若的凝视:"陈翔已经不在了,你在担心什么呢?"

王般若眼中闪过一丝痛苦,牛伟又追问一句:"现在多少人都装了心脏起搏器,他们算不算是机器人?这是真正的NW,维纳在一百年前问的。"

王般若摇了摇头,有些痛苦地说:"心脏和心灵不一样。"

牛伟在讲台上掐灭烟头，一脸颓然："有看得见的机器，有看不见的机器。太多时候，人比机器更像机器。"

七 六和寺

正是收军锣响千山震，三军齐唱凯歌回。斩杀夏侯成剿平方腊后，宋先锋军马，已回到杭州。且屯兵在六和塔驻扎，诸将都在六和寺安歇。

且说鲁智深自在寺中一处歇马听候，看见城外江山秀丽，景物非常，心中欢喜。是夜月白风清，水天同碧。鲁智深正在僧房里睡，至半夜，忽听得江上潮声雷响。鲁智深只道是战鼓响，贼人生发，跳将起来，摸了禅杖，大喝着便抢出来。却见月上中天，庭院无人。只在桂花树下，静立着一个灰衣僧人。

灰衣僧人见鲁智深，鞠身施礼道："师父何为如此，赶何处去？"鲁智深道："洒家听得战鼓响，待要出去厮杀。"灰衣僧人笑将起来："师父错听了，不是战鼓响，乃是钱塘江潮信响。今朝是八月十五日，合当三更子时潮来。因不失信，为之潮信。"

鲁智深呵呵笑道:"洒家是关西人,不晓得这潮信,汝等却何不早说。"正欲转身回房,灰衣僧人喊道:"且住。智真长老曾嘱咐师父'听潮而圆,见信而寂'。今日既逢潮信,合当圆寂。"

鲁智深见说,吃了一惊,定睛看着这僧人问道:"汝乃何人?"

"我,机器人。"

鲁智深不晓得机器人是什么诨名,但似有所悟,口占了一个颂子:"平生不修善果,只爱杀人放火。忽地顿开金枷,这里扯断玉锁。咦!钱塘江上潮信来,今日方知我是我。"

灰衣僧人颔首:"半句不错,按照程序,待小僧烧桶汤,请师父坐化。"

鲁智深不动,直直盯着那灰衣僧人道:"逢夏而擒,遇腊而执,北讨南征,弟兄殒折。如今十停去七,洒家心已成灰,只图寻个净了去处。这安身立命处,在我不在你,更不必说劳什子的程序。洒家的本事,不需偈子里去寻。今日方知我是我,你不是我,我却是我。"说毕,抡起水磨浑铁禅杖,来迎那灰衣僧人。

听罢这一席话,那灰衣僧人如受电击,定身一般,目光紊乱,满嘴胡言乱语:"随潮归去,无处跟寻……置身画图中,那复言归去……"正苦恼间,禅杖砸将过来,只听得一声响亮,两人里倒了一个。鲁智深收回禅杖,那灰衣僧人倒在地上,一颗头滚在一边,乱糟糟的线路散出来,没有半分血。

鲁智深叫醒众僧,将这灰衣僧一把火焚化,在六和塔山后,收取骨殖,葬入塔院。寺内众僧不敢不依,代为诵经忏悔,做了昼夜功果。再寻那鲁智深,径不知投何处去了。宋江与众头领知晓此事,嗟叹不已。离了杭州,按原定计划,望京师进发,领命朝觐去了。

八 大夏苑

王般若是在到家的第二天收到这封电邮的。从长春回到上海后,她夜里梦见陈翔躺在雪白的手术室里,无影灯照着他鲜血弥漫的右脸,主刀的医生在门口紧张地打着电话,压低语气不知道在交流什么。陈翔突然从昏迷中睁开眼睛,蓦地扭头望向她……王般若啊一声醒过来，坐起来发一会儿呆。她遥控落地窗的玻璃屏，收起缓慢旋转的星空图像，让真实的月光照进来。这一天是腊月初一，月光柔和而倦怠，洒落在大夏苑教工住宅区上空，如吞没过往的平静深海。王般若看了一眼墙面上的猫头鹰挂钟，夜里三点多，卧室冰冷得像座坟墓。这个挂钟和陈翔老家里的一模一样，猫头鹰的两只黑眼珠，用的是柔性单晶硅太阳能电池，从不断电，从无故障，每分每秒像原子钟一样精准，没有感情地走过了几十年。人生如果像这只猫头鹰多好啊，没有意志，也就没有烦恼。

王般若吃片安眠药睡下，睡得不踏实，第二天早早醒来。这一天是"头七"，欣怡约单位的领导，一并陪她去殡仪馆交涉。说好的欣怡早餐后开车来接，王般若起床简单洗漱，热了一碗牛奶，泡着麦片，坐在卧室的电脑前，查看一下美国国家公园管理局（NPS）是否给她回了邮件。正在这时，音箱叮咚响一声，提示有一封新邮件到了。她打开收件夹，发现发件人是——陈翔！

王般若感觉浑身轻飘飘的，不是春日柳林中飞起来的轻盈，而是深秋沙漠里陷进去的无力，全身的力气都被抽空了。她就这么呆坐着，坐了很久，最后还是努力抬起手点开邮件。

邮件里是一个视频附件。王般若下载这个视频,点击播放。镜头里的陈翔在英魂县的老房子里,正摆好摄像头,坐回到沙发上。黄昏的阳光透过窗子照进来,他没有受伤的左脸笼着橘红色,凹陷的右脸隐在阴影里。

陈翔孤寂地望着镜头,开始讲话:

> 般若,在你看到这个定时发送的视频时,我已化为虚无。我没有资格乞求你的原谅,作为一个糟糕的丈夫,我尽力让你这一生幸福。这样的结局不完全是我的懦弱,为抵抗这一天的到来,我耗尽了毕生光阴。我有时候会想,也许几十年前,我没有离开这间屋子,就在英魂县度过一生,一切会不会更好。我可能成为县城中学的语文老师,或者中学对面书店的老板。但是没有你的一生,将是多么空空荡荡。我还记得第一次见面,你在岳父的办公室里,穿着蓝格子裙子,斜靠在沙发上看小说,像一个自在的公主。我当时窘迫不安,我想教授的办公室里,怎么有如此放松的女学生啊。岳父看出我的心思,连忙解释这是我女儿。

陈翔在视频里笑了笑，回忆着这一切，但表情并不快乐，像东北深秋的落叶，在夕阳下泛着霜意。他继续说：

> 岳父始终精力勃勃，而我一身倦怠。他坚定地追求毕生所追求的，而万物于我意义可疑。是的，你多次劝过我，但我找不到科研的意义。同事们常常彼此祝贺，祝贺的语言整齐划一，但事实上，我们彼此并不了解也并不关心。一切都在变成数据，现在的大学，像在一套机器化的程序里。前几年文史哲解散合并，有的同事得了抑郁症，有的同事奋起抗议，有的同事建议与计算机系合并，今后更名为数字中文，帮助计算机系的教授进一步研究怎么把灵魂转为数字。谁曾想，计算机系的教授说得直接：不能被数字化的，就没必要存在。我这个写小说的倒不在意，这就是多年来我们追求的，以理科的方式研究文科，求仁得仁。

陈翔神情发呆，托起右手揉揉太阳穴。房间里的光线渐渐暗下来，他橘红色的脸庞转为血红。他继续说：

我不知道人的一生，用什么来抵御数字化？作为文学的信徒，我想到的是写作。这些年，我大把的时间，都是在书房里，写那些反科幻的科幻小说。科幻小说中的科学重要还是文学重要？很多作家以为是科学重要，将科幻小说写成科学的人生说明书；而我以为是文学重要，科学为人服务，而不是人为科学服务。我没想过的是，现在的四〇后、五〇后读者，喜欢读机器人的苦恼。我原来以为他们还是喜欢《三体》，喜欢冷酷而恢弘的宇宙；他们在荒寒的宇宙中跋涉太久，又渴望走回内心。可是我们的心灵何在？机器人会为生死、真假、爱情、自由苦恼么？如果会的话，他是人还是机器？

视频里陈翔呼吸吃力，喘息着说：

然而有一天我发现，我的写作，未必是自由意志的结果，这个事实击垮了我。我开始头疼，无休无止。我像被困在无形的程序中，抱怨与困惑，都是程序预设的一部分。置身其中，何言归去？爱是一种本真性的光芒，指引我们走出系统么？我们还有那种野性的强力，从系统中冲出去么？机器人在时间中寻找，而爱恐怕在生死的刹那，在时间的缝隙里。就像在陨石的深处，永远无法抵达。

王般若痛苦地盯着镜头中的陈翔，忽然感到有说不出的怪异，似乎画面中有一个地方不应如此。她感到一阵寒战。这时视频里的陈翔勉强地继续说：

> 般若，我的头又开始疼了，这场漫长的折磨。原谅我选择离开你，离开这个世界。我会坐明天的航班回上海，之后找一处清净的地方……我本来想是不是就在这里，但这将给你带来麻烦，也让老邻居们不安。般若，原谅我。今日方知我是我。原谅我。

光线愈发昏暗，说完这最后几句，陈翔近乎沉浸在黑暗中。视频里的他站起来，摸索着关掉摄像头，一切戛然而止。电脑前的王般若心里空荡荡的，那种怪异的感觉愈发强烈。她感到一种莫名的恐惧。

不应该是这样的！她稳稳思绪，为了印证凌乱的判断，在电脑上打开中国知网。打开网页的那一刻，就像撞翻了酒吧后门的午夜垃圾桶，五花八门的广告蹦出来，植发的、治疗抑郁的、项目会计招聘的，不一而足。王般若找到搜索栏，搜索父亲王平当年的论文《AI：当代文学的末路与未来》。付费的页面随即弹出。她扫码缴费后，这篇论文开始下载。她查了一下刊期：二〇三五年。和牛伟告诉她的一样，果然是二〇三五年发表的。

王般若颤抖着双手，重新打开视频。这一次她没有盯着视频里的陈翔，而是盯着陈翔的头顶，盯着那个猫头鹰挂钟。视频录制的时间是黄昏，然而挂钟的时针指着"8"，分针指着"35"，一动不动，在陈翔讲话时一直僵在那里。视频里的猫头鹰，瞪着呆滞的眼睛，像一个被钉在墙上的标本。然而王般若清楚地记得，前几天在英魂县老家时，猫头鹰挂钟正常运行。是一个巧合？是挂钟恰恰在20点35分坏掉了，录制完视频的陈翔发现后，在决意自杀前还耐心地修好老家的时钟？还是什么人把挂钟控制在这个时间，在暗示着什么？这个人是谁呢，是陈翔本人，还是背后的人？

也许永远不会有答案，陈翔已经化为骨灰，唯一残留的，是那枚芯片。苦苦求证过去几十年的陈翔，是一个真实的人，还是芯片控制下的机器人，是否还有意义？完全拟真的生活，是不是生活？甚至我们对于近乎神秘的真实性的追求，会不会也是虚拟程序本身的一部分？

想到这里，王般若的眼睛离开面前的电脑，望向电脑后面的书架，书架上摆着父亲的照片。相框里的父亲白发如雪，站在"盛唐超级学者"颁奖典礼现场，穿着黑色燕尾服，一只手摊开证书，一只手展示奖章，温和的表情中有一丝高傲。相框旁边，摆着父亲精装的代表作《AI：当代文学的末路与未来》。烫金的血色封面，就像照在陈翔脸上的，那最后一缕残阳。

九　附录　王平《AI：当代文学的末路与未来》选读

是"自由"还是"控制"，在人与机器之间划下了界限。然而，人工智能的思维要不断突破自由主体的界线，在其视域中，"人"与其说是有"心智"（Mind）的自由主体，不如说是刺激－反应模式下的信息主体。

而要打碎这一自由主体，或者更准确地说，要打碎我们对于自由主体的想象，落在人机对弈这一表征上。人机对弈本身并无太大的实际价值，但对于促进人工智能的发展却有重要意义，比如推进机器的逻辑推理能力。而且，对于大众而言这颇具代表性：在博弈中战胜人类的机器，将证明机器会思考。

二战结束以后，包括图灵、冯·诺依曼、香农等人在内，几乎所有的人工智能先驱都卷入到对于人机对弈程序的开发，代表性的是香农在一九五〇年发表的《计算机下棋程序》一文。在该文开篇，香农直接谈到，"能下棋的机器是一个理想的起点……下棋一般被认为需要'思考'才能下得好，这一问题的答案，将使得我们或者承认机器也可能'思考'，或者进一步限定我们的'思考'概念"。香农的意思是说，如果机器战胜人类，我们将承认机器也具备理性能力；如果机器无法战胜人类，"思考"这一能力则被限定为人类所独有。从香农这篇文章开始，半个世纪以来人工智能不断改进，最终一九九七年"深蓝"战胜了国际象棋世界冠军，二〇〇六年"浪潮天梭"战胜了中国象棋特级大师，二〇一六年AlphaGo战胜了围棋世界冠军，到此人类主要的棋类游戏完全被机器攻克。也正是以AlphaGo先后战胜李世石、柯洁为标志，人工智能震动了中国知识界，并真正为中国社会大众所知。

在机器对人类的界线不断突破的历史进程中，在这场信息主体对自由主体的取代中，我们可能走到了最后一幕：机器入侵感性世界。这一次，从对弈转移到写作，我们面对的不再是谷歌的AlphaGo，而是微软的人工智能程序小冰的挑战。和其他人工智能程序相比，小冰以诗歌、音乐、美术这一核心的人文艺术领域为突破点，以此突破人类的界线。

和对于艺术水准的讨论相比，对于小冰的诗，笔者觉得以下两点更有意味：其一，小冰的诗歌创作，是看图作诗，依赖于图像；其二，小冰的诗歌，几乎每一首都有"我"。而这两点，近乎完美地证明了海德格尔近百年前的论断。在著名的《世界图像的时代》一文中，海德格尔批判作为现代根本现象的科学，"但数学的自然研究之所以精确，并不是因为它准确地计算，而是因为它必须这样计算，原因在于，它对它的对象区域的维系具有精确性的特性。与之相反，一切精神科学，甚至一切关于生命的科学，恰恰为了保持严格性才必然成为非精确的科学。"海德格尔认为，在技术时代，作为研究的科学支配着存在者，"这种对存在者的对象化实现于一种表象，这种表象的目标是把每个存在者带到自身面前来，从而使得计算的人能够对存在者感到确实，也即确定。当且仅当真理已然转变为表象的确定性之际，我们才达到了作为研究的科学。"由此，世界被把握为图像，世界之成为图像，与人成为主体，乃是同一个过程，世界成为图像和人成为主体这两大互相交叉的进程决定了现代之本质。

小冰成为海德格尔所批判的技术现代性的激进化体现，在小冰眼中，世界转化为图像，并被"我"所把握。同时考虑到，小冰眼中的图像是图片，是表象的表象，就像小冰的诗是对于诗的"模拟"，世界不仅被转化为图像更进一步被转化为"仿像"；小冰的"我"是高度理性化的程序，是笛卡尔意义上的理性主体的最终形态，"人"最终失去肉身性而成为机器。因此，接续海德格尔的脉络来讲,世界成为仿像和机器作为主体这两大进程决定了人工智能时代的现代之本质。

我们主体性之丧失,不是从人工智能开始,小冰这样的人工智能程序,只是将这一问题彻底地展现在我们面前。如同赵毅衡谈到的:"二十世纪则是拆解主体的时代:胡塞尔让主体落入于意识和他者的复杂关系之中;弗洛伊德把主体分裂成冲突的若干部分,摧毁了主体独立的幻觉;从卢卡奇和葛兰西开始的马克思主义文化哲学,则集中讨论主体经受的文化霸权统制;二十世纪六十年代之后,主体中心受到结构主义与后结构主义的毁灭性打击。一个完整的主体,在哲学上几乎已经是不值得一谈的幼稚幻想。"从语言论转向发展到结构主义、解构主义,从索绪尔到罗兰·巴特、福柯、利奥塔,"话说我"解构了"我说话",今天的我们已经非常熟悉罗兰·巴特这一论调了:"说话的是语言,不是作者。写作的我是一种陈述行为的主体,是语言中预设的一个位置,而不是人。因此,这个主体能够将各种不同的写作方式置于彼此对立之中,而唯独不能'表达自己',因为那被视作是其最独特、最隐秘的东西,是一本字典。"固然可以理解罗兰·巴特这代人的理论指向,如同罗兰·巴特所言,"主体性……只是造就我的所有规则的痕迹";然而,当机器人以数据库来表达"我"最独特、最隐秘的内心时,这对于解构理论是终极的确证,更是历史的反讽。当主体中心被解构后,我们并没有达致自由,相反是机器人填补了主体的位置,在这个意义上,解构主义和信息资本主义的关系饶有意味。凯瑟琳·海勒认为,"在这个意义上,解构主义是信息时代的孩子,在解构理论形成的过程中,信息时代作为解构理论的地层,在其下推动其出现(In this sense, deconstruction is the child of an information age, formulating its theories from strata pushed upward by the emerging substrata beneath)。"倘若主体是话语预设的位置,也即主体是系统结构性的一部分,沿着这个逻辑下来,作为主体的表征,"心智"将被理解为一种结构性的功能。这种"结构"或"功能"——模拟神经系统还是模拟心智功能,后来演变为人工智能领域在同一认知前提下殊途同归的两条路线——如果可以被模拟,"人"的独特性将丧失殆尽。

和对于小冰的诗歌优劣的评判相比,一种更为开阔的文学批评变得紧迫:不在于讨论小冰的诗,而是通过小冰的诗,讨论其背后对"人"的理解,以及随之而来的新的治理方式。凯瑟琳·海勒问道:"如果我们的身体表面是信息流转的细胞膜,那么我们是谁?我们是对刺激做出反应的细胞吗?"在从人类向后人类的转变中,凯瑟琳·海勒指出:"我参照自由人文主义传统来定义人类,而后人类而出现于当计算(Computation)取代占有性个人主义成为存在之根基,这一取代过程使得后人类与智能机器无缝结合。"当计算成为存在的根基后,我们就来到了一个"算法(Algorithm)"的世界。

——《AI:当代文学的末路与未来》,上海文学出版社,二〇三五年版,"盛唐学者"人才项目"交叉融合、赋能革新:新文科视域下的鲁迅研究"第三期滚动资助阶段性成果之一。

07

———

千禧年

> 等遍了千年终于见你到达
>
> 等到青春终于也见了白发
>
> 倘若能摸抚你的双手面颊
>
> 此生终也不算虚假
>
> ——罗大佑《恋曲2000》

楔　子

公元999年岁末，北宋咸平二年，大辽黄龙府南郊。

朔风宛如鸣镝，飞雪密似箭矢，呼啸在这黑沉沉的夜里，锐利而悲哀。

北宋一支千余人孤军，被周遭万余名辽军，牢牢困在冰天雪地之中。黄龙府外，苍莽雪原，无险可守。主帅刘建云令健卒在营帐四周深挖沟壑，布好鹿砦。趁着辽军没有发动冲锋的间隙，刘建云最后清点器甲鞍马，将铁甲步兵围在四周，左手执藤木盾牌，右手或执长矛屈刀，或执铁挝铁锤；将弓弩兵按张弩人、进弩人和发弩人依次布置在步兵后，配上黑漆弓，木羽箭、火箭、火毬、火蒺藜，准备分番迭射；战马则披着重甲，围在大帐左右，马兵曲膝蹲坐，伺机突围。刘建云最后整理好朱漆山文甲，带上凤翅金兜鍪，一盏红烛，一柄长剑，一个人沉默地坐在大帐内。甲胄里贴着战袄的一封帛书，是临行前妻子手书集句，写在织着乌丝的蜀绢上：塞雁高飞人未还，别时容易见时难。刘建云拍了拍胸甲，就像拍了拍妻子的手。他走到帐外，回首南望，内心嗟叹不已。

　　当年秋，辽圣宗和萧太后以伐宋诏谕诸道人马，发兵数万骑来寇。东路由萧太后督师，由遂城攻河间府；西路为辽圣宗亲率，由定州攻大名府。一时间遂城、定州、冀州一带边防危急。真宗皇帝激励戎臣，御驾亲征，尽起镇、定、高阳关三镇兵力，马步诸军二十多万与辽军对峙。

　　战线僵持之际，京城负责谍报工作的机宜司，收到从黄龙府传来的蜡丸，告之黄龙府防备空虚，此天乘之机。真宗皇帝与群臣商议，命高阳关缘边都巡检使刘建云率所部马步兵，经燕山小径，绕过大辽南京防区，一路过来州、锦州、沈州，轻骑奇袭黄龙府，以此逼辽军主力回援，缓解河北压力。刘建云知道这是有去无回的一击，但军令不得不从，得令后率部一路险径疾行，避开辽军巡查。当数日急行军，抵达黄龙府郊外时，却发觉这不过是个圈套，孤军陷入辽军等候多时的埋伏。

今夜将是决战时刻。刘建云明白，因辽军骑兵主力大都在河北前线，黄龙府驻军以步兵为主，辽军将领围而不击，就在等这场大雪，试图借着雪势全歼宋军。正思忖间，忽见得一颗流星划破夜空。这流星与往日不同，尾长数尺，其状如剑，光耀如电。刘建云不及多想，就听到辽军阵营里，一声低沉号角，刺破漆黑寒夜。万千点燃箭头的飞矢，破空袭来，照亮猩红天空，四野喊杀声也随即响起。军旗卷动，剑气如霜，刘建云振臂高呼："临难无苟免，此吾效死之日矣！"众将官凛然应答，皆欲殊死一战。

两军甫一交锋，宋军弓弩齐射，百步内辽军尸体层积，死伤无数。但架不住敌军势大，前赴后继如潮水般涌来。四周鹿砦旋即被踏破，步兵堵着缺口死战，挥舞着盾牌抵挡辽军的铁矛，以铁锤猛击辽军的重甲。刘建云正待指挥马兵上马突围，却看到一队辽军在营帐外张弓搭箭，专射马匹。辽军弓箭以皮为弦，桦木为杆，铁制燕尾箭头，带着啸声而来，刹那间穿透护甲，多匹战马嘶吼悲鸣。刘建云大惊，正待挥剑指挥，却不提防一支箭暗算过来，射透左膝。刘建云双目赤红，半跪在地上，支着宝剑，看着鲜血从甲胄下流出，洇红膝下雪地。

忽然天空传来一声爆响，如巨鼓响在耳边，震得人耳膜发颤。两军齐齐罢战，仰头望去。似乎传来一声诡异的狮吼，天空亮如银盆，大小百余流星，自东北向西南，划空飞舞。众将骇然间，飞星交横，纷纷坠地。一时间大地震鸣，满眼雪尘，惨叫声不绝于耳。其中一块玄铁般的大石头，猛地砸向刘建云。刘建云闭上眼睛，只听身后轰隆一声，他睁开眼，却看到这块石头正落在身后，在雪地里砸出一个大坑。刘建云放眼四周，万千宋军辽军，瞬间功夫，纷纷殒命于流星雨，断肢残腿，满目皆是。战场瞬间变得寂静，仿佛置身在冰雕雪砌的修罗地狱中。

刘建云形神俱颓，倚在这块石头上。他感到仿佛有万千细软触手，如温柔的花蕊，从石头后温柔地伸过来，将他牢牢吸住。一阵极度的疲倦袭来，他死命挣扎，还是不住地瞌睡。似醒非醒间，眼前走马灯一般，闪现出从未见过的景象，几年后的澶渊之盟，百年后的靖康之耻，建炎南渡，崖山海战……宋元明清，万千幻境，时空扭曲在这一刻，压缩在这块陨石四周。刘建云骇然不已，来不及多记，慌忙将"靖康"两个字，蘸着自己的血写在雪地上。恍惚间，刘建云听到一群年轻汉子的歌声，词曲壮烈，不似宋音。歌词依稀听得一句："何惜百死报家国，忍叹惜、更无语、血泪满眶。"刘建云拼尽最后一口气，试图看个清楚，只模模糊糊看到雪夜里，一对青年男女，也靠在这块石头前，石头上模糊刻着四个字。待定睛细看，最后一颗流星也沉重地坠下去，划出一道银弧。一瞬间，刘建云眼前幻象全然散去，仿如风吹雾散。刘建云努力回忆方才种种，但脑子里一片空白。他低头看着自己在雪地上写的字，新雪如缎，字迹消失得无影无踪。刘建云不知道的是，时空的缝隙，在狮子座流星雨结束后，已然在这块陨石附近闭合。他心底茫然，正欲强撑着站起来，却看到几个残余的辽兵，或挂着铁枪，或握着长刀，围了过来……

刘建云这场孤军远征，在后世《宋史》上留下一笔："十一月壬午，幸河北，宴刘建云于行宫。以其为先锋，示以阵图，征契丹黄龙府。孤军千里，直捣黄龙，杀敌酋帅，戮万余人，云亦不得幸免。当夜星陨如雨。契丹畏天命，乞罢兵。"几年之后，宋辽签订澶渊之盟。在人类第一个千禧年来临之际，这片土地迎来长达百年的和平。

一

二〇三七年，佘山，上海最高峰。

舒昕梳着马尾辫，左臂上绑着手机袋，穿一件淡蓝色修身运动背心，一条同色系运动短裤，脚上一双乳白色亚瑟士跑鞋，在夕阳的余晖中，沿山道慢跑上来。

刘建云跟在舒昕身后，快步走着。他穿着藏蓝色爱马仕T恤，淡灰色百慕大短裤，身材保养的很好，面孔温和而硬朗，除了灰白的两鬓，看起来不像五十多岁。

"听什么歌呢？"刘建云喘一口气，赶上了舒昕。

舒昕放慢脚步，转过头，把一只耳机递给刘建云。刘建云顺手接过来，并没有放到耳朵里，贴近听了两句。

"《孤勇者》？十多年前的老歌，你们年轻人还知道这个啊。"

"爱你对峙过绝望，不肯哭一场，"舒昕顽皮地唱出来，她的五官像一只土耳其安哥拉猫，眼睛透着妩媚，"我是怀旧的年轻人啊，跟您一样，董事长。"

刘建云知道她调侃今晚要发生的事，哈哈一笑，感慨一句："为什么一定要走得这么累呢。"他顺势揉了揉膝盖，左膝在年轻时受过伤。

舒昕说："没办法，我们公司科学家就是这么规定的。一会您问问他们。"她指着指山顶影影绰绰的别墅群说，"那边应该有咖啡馆，我陪您歇一下吧。"

刘建云顺着她手指的方向望过去："不用去咖啡馆，快到我家了，那就是我的房子。"他想刻意说得轻松，但还是有点不自然。

舒昕收回耳机，眨眨眼："Nice。"

DM公司那辆深黑色劳斯莱斯开进院门，绕过草坪，直接停在别墅门前。跟着劳斯莱斯开进来的，还有两辆亚光色Cybertruck。舒昕放下手里的圣赫勒拿咖啡，靠在

Rhapsody沙发上说:"我都不想干活了。"七米挑空的客厅吊顶,四个十字架造型的吊灯,横竖交错地搭在一起,将透着宗教感的白光,洒在沙发奢华的巴洛克印花上。刘建云直起身:"今晚不能喝酒,下次来,我这有一瓶二〇〇〇年的罗曼尼·康帝。"舒昕娇笑着说:"刘总您就是喜欢千禧年啊。"刘建云笑笑,"你陪我回去吧。"

正说着,在菲佣导引下,DM公司董事长Jacky,带着几个工作人员鱼贯而入。Jacky是个美国人,四十多岁的年纪,高挺瘦削,一身GUCCI黑色条纹西装,系一条Armani提花桑蚕丝领带。他光着头,深陷的眼窝里,一双鹰隼般的眼睛,环视着客厅。刘建云穿着CHROME HEARTS真丝滚金缎面睡衣,随意地从沙发上站起来,张开双臂表示欢迎。Jacky快走两步,微笑着与刘建云握手。他中文不大行,飚着北卡罗来纳口音的英语:"Mr. Liu, it's an honor to serve you." 刘建云英文不灵,但看Jacky表情,大概知道是表示很荣幸的意思。舒昕站过来,指挥着工作人员,将一张单人床一样的设备搬到地下室。别墅里的几个佣人想过来搭把手,舒昕叫住她们:"大家不要碰,这张'床'复杂得很。"这几个工作人员都是健硕小伙子,有白人也有黑人,穿着雪白的实验室套装,左胸前印着天蓝色"DM"标识。他们小心翼翼地将这张"床",立在别墅的直梯里。同时搬进来的,还有几个铝合金万向轮线材箱。最后进电梯的小伙子,看起来像印度裔,提着一个银白色电缆收纳箱。

刘建云指一指菲佣管家过来,叮嘱几句,安排她去地下室帮忙。他招呼着Jacky和舒昕坐回到沙发上,佣人换上咖啡。舒昕靠近刘建云坐着:"刘总,工作人员安装设备还需要点时间。我就按照标准工作流程来了,在开始之前,和您明确相关一些细节。"

"好,我们对一下。"刘建云挥下手,示意周边佣人出去,偌大客厅里,就剩下他们三个人。舒昕说:"刘总按照流程我们要录下来对话,用您家里的摄录设备吧。"

刘建云为难地说:"我不喜欢摄影,没有相机那些东西。"

舒昕看着刘建云:"摄像头呢?也可以。"

"我家里没装摄像头,"刘建云傲然地看着她,"这间别墅有自己的安保队伍。"

舒昕说:"那这样,您看用我的手机可以吗?"刘建云摊开手,示意请便,舒昕就将手机支在面前的螺钿茶几上。打开录制功能后,舒昕说:"我们先确定本次治疗的时间和地点。时间就是今晚,现在是七点三刻,我估计八点半能够正式开始。"

Jacky听不大懂,平静地喝着咖啡,刘建云则淡然地点了点头。

"地点嘛,因刚才您的坚持,今晚不去闵行大零号湾我们公司,而是提供上门服务,在您这栋佘山别墅里。刘总,您是我们上门服务的第一位贵宾。您知道这些设备的拆卸和安装,不那么容易。"

刘建云嘴角挂着嘲弄,懒得听这类讨好的话:"主要是我这条腿,跑一圈又酸又疼,懒得跟你回公司了。"

舒昕听出刘建云的不耐烦,忙不迭地继续说:"时间和地点都按您心愿。我现在跟您确证以下重点细节。您半个月前联系我们,说一位故友在今年六月死于车祸。嗯,她的名字叫程菁。"

听到这个名字,刘建云肃然地沉默了一下:"对。"

"出车祸的时间是今年六月,地点是吉林长春净月潭国家森林公园。您和程菁都是吉大校友,程菁是您的同学。"

"严格说不是同学,我是哲学系97级,她是中文系97级,我们是一个年级。"

"哦,"舒昕认真地记录着,继续说,"您对程菁的死一直放不下,您希望我们DM公司,通过Deepmind技术,弥补您内心的缺憾。我们毕竟是新公司,不知道您是否完全了解Deepmind技术。"

"你再介绍一遍吧。"

"每个人的记忆都是零散的,浪漫一点说,就像晦暗的密林里,一些模模糊糊的影子。Deepmind技术,作为人工智能与神经科学的交叉,可以帮助客户重建完整的记忆。我们会用非介入的手段,帮助客户进入深度催眠。大脑是一个电磁体,以电信号的方式储存着记忆。我们将激活相关电信号,借助公司具有万亿参数的神经网络大模型,让您完整地重温指定的过去。当然,对于大模型来说,最重要的数据,是您的回忆。我们一般要求客户写一份详尽的回忆录,特别棒的是,您有记日记的习惯,没有比日记更理想的一手数据。我们将以您的日记为核心线索,重构您指定时段的记忆。"

刘建云认真听着舒昕的介绍,若有所思,没有说话。

舒昕猜到刘建云的顾虑,补充说:"您即将提供给我们的日记,是绝对私密的。脑电波的呈现信号,也只是运动着的波纹。我们一会要签的合同,附有职业伦理协议。您也知道,如果我们试图干扰您的记忆,按照《人工智能管理条例》,我们就违法了。"

刘建云说:"我担心的并不是隐私。我一直的疑惑是,不改变客户的意识,你们如何完成所说的治疗?不过,这不妨碍我对你们的信任,毕竟我的老朋友曾是你们的客户。"

舒昕说:"您毕业于哲学系,肯定熟悉弗洛伊德。这么跟您介绍,我们治疗的不是意识,而是潜意识。举个例子,特别疲劳时我们会睡得很沉,在这种沉睡中,我们往往会梦到一直想见但不能见的人,一直想做但不能做的事,比如年轻时错过的恋人。是不是从这种梦中醒来,您一方面觉得怅然若失,另一方面又觉得内心宁静踏实。为什么觉得踏实?就是因为在无意识涌动的梦中,我们的缺憾被填补了。"舒昕又想了想,补充说:"很多人看电影读小说感到快乐,就是这些作品填补了他们内心的遗憾,就像找不到理想男朋友的姑娘,喜欢看一些霸道总裁爱上我的故事。我们公司更进一步,在潜意识层面,重温故事,填补缺憾。可以说,我们是一家文学公司。"

说到这里,舒昕和刘建云都笑起来。Jacky听不懂大家聊得什么,也像个傻子一样咧着嘴赔笑。佣人过来,谦恭地向刘建云汇报，地下室里的设备已然备好。Jacky从西装内怀里取出一份中英双语合同，示意舒昕。舒昕笑眯眯地对刘建云说："刘总，开始之前，Jacky请您看看这份合同还有什么需要改动。"刘建云知道这是暗示他签掉合同，他摆摆手，从抽屉里取出一支笔，痛快地签上名字。舒昕一张脸笑开花，接过合同，撒娇地说："您这个活哪都好，就是违约金太高了，出问题我们得把公司赔给您。"刘建云微笑着说："违约金和佣金永远成正比。"舒昕倒也无话可说，将合同递给Jacky，Jacky欣赏地对舒昕点点头。

刘建云起身招呼舒昕和Jacky下楼。地下室大约百余平方米，被改造成一间运动室。南北两面墙的高处，开着采光透气的明窗，对着窗外私家花园，草丛中传来声声虫鸣。东边墙壁前，依次摆着跑步机、划船机、椭圆机、仰卧板、动感单车，墙角挂着拳击沙袋，墙壁上每台运动设备正前方，都嵌入一台液晶电视。西边墙壁前，陈列着一尊宋朝武士石像，石像黝黑光泽，披着朱漆山文甲，带着凤翅金兜鍪。这来自千年前的武将，背依金色的墙壁，脚踏朱红色的地板，仿若站在皇宫里，倒也相得益彰。在这尊武士像前，提前清出一片空地，摆着一张状如手术床的大床。床头架起一套一人高的灰白色电子设备，设备底座是可以推动的滚轮，设备箱体上是一面硕大的显示屏，一堆红色绿色的电极头插在显示屏的接口上。DM的工作人员，正在做最后的调试。

舒昕啧啧赞叹这尊武士像。她拍拍武士肚子，摸摸金光闪闪的笏头带："您这是真品啊。"刘建云指着这套铠甲说："这么完整的北宋铠甲，全世界只有两套，另外一套在波士顿。"舒昕眼神炙热，一脸崇拜。Jacky走过去和工作人员耳语几句，做一个请的手势。刘建云坐到床上，佣人送过来一个手提保险箱，边框贴着金箔，箱体镶着绿孔雀石。刘建云用右手大拇指指纹开启箱子，里面是一本三十多年前的老日记，素白色塑料外壳，绘着一只吉大校徽蓝天鹅，右侧是四位数字密码。刘建云调到1210，将日记本交给舒昕，感慨一句："几十年没打开了。"舒昕双手接过，递给工作人员。工作人员将日记本摊开到设备的翻页器上，罩上一个带着密码锁的磨砂壳子，请刘建云自设一个密码，将这个保护隐私的壳子锁死。

工作人员中走出一个黑人小伙子，长得像刚刚退役的足球明星姆巴佩，拿起床头的麻醉面罩。在麻醉之前，舒昕站在刘建云身边，温柔地俯下身子："您今晚所经历的，将比真实更真实。刘总,当您醒来后,青春将没有遗憾。现在请明确告之,您想回到哪一年?"

"回到一九九九年。"

二

吉林大学南校区,一九九九年,初秋。

刘建云套着一身上海申花队蓝色球服,印着14号申思的号码。没穿球鞋,趿拉着拖鞋,从裤兜里掏出一串钥匙,打开萃文楼304教室的白铁房门。这间教室被改造成学生活动中心,由校学生会宣传部与校辩论社共用。桌椅都挪走了,教室中央摆一排深绿色铁皮文件柜,如同屏风,将房间隔为两半。有黑板的一边,留给辩论社用。黑板上挂着"喜迎千禧年 跨进新世纪"的红色横幅,横幅落款"校宣传部宣";黑板上彩色粉笔龙飞凤舞写着"先锋杯辩论赛冲!冲!冲!"右下角还画着一只小鹰,展翅欲飞,又扭头回顾,眼睛极为呆萌。讲台前,摆着一条长桌,长桌两侧各摆四把椅子。刘建云把钥匙咣当一声丢在长桌上,喊了一声老婆你在吗?文件柜背后，哗啦啦响起一盆水声，一个女孩子抱怨地说我不是你老婆，我是你老妈啊。

刘建云龇牙咧嘴地走了几步，绕过这排文件柜，绕到房间另一边。黄昏的阳光，正从窗户里照进来，将眼前的一切笼罩在温暖的橙黄色之中。刘建云恍惚觉得，这一幕既在眼前，又像过去了很多年。他眨眨眼睛，看到程菁穿着一条淡棕色筒裙，一件白色七分袖上衣，右胸绣着一片葡萄叶，正怒气冲冲地坐在小板凳上，抬头看着刘建云。程菁眼睛很大，眼神里带着孩子气的愤怒，鼻子和嘴唇葡萄般柔和圆润，披肩发拢成两条小辫，白皙的脖子上挂着一条黑色吊坠绳子。刘建云知道垂在她胸口的吊坠，是一个AC米兰红黑色徽章，绘着这个夏天刚刚转会来的乌克兰球星舍甫琴科。可能是想确认吊坠上到底是马尔蒂尼还是舍甫琴科，刘建云盯着领口往下看，呆呆地没有说话。程菁喝一声你看什么呢，抬手就把水盆里的水撩到他腿上。还是温热的，刘建云对这个水温表示满意。他大咧咧地坐在程菁对面黑皮沙发上，浑身和这个脱皮漏絮的沙发一样塌下去，唯独把右脚举起来，脚后跟长出一个硬硬的鸡眼。

程菁将这只脚按在水盆里，水中插着一个温度计，显示着四十度上下水温。程菁盯着自己的小手表，看时间差不多到了十分钟，将长着鸡眼的这只脚抱在膝盖上，用一把美工刀轻轻削去死皮。她又转身从书包里取出一只鸡眼膏、一袋棉签、一包纱布，将乳白色鸡眼膏挤在棉签上，一点一点涂在鸡眼四周，一双手温柔地按摩了几分钟。最后撕一块纱布，敷在患处，缠了一圈医用胶带。刘建云大气不敢出地看着程菁做这一切，他的脚离程菁圆鼓鼓的胸口极近，脚趾动一动就能触碰到，却丝毫不敢造次。程菁背光坐着，低着头，身后淡去的夕阳，沿着她的长发，画出一道光晕。

程菁做完这一切，看着刘建云一直不说话，捧着他这只脚说："怎么还等我开刀手术啊。"刘建云龇牙一笑，盘腿坐回到沙发上，耐心地开导她："愿赌服输，赢了火锅，输了洗脚，手气不好没办法。"程菁站起身，打量一眼刘建云，似乎琢磨着这盆水倒到哪里合适。刘建云指了指靠在墙上的宣传展板，两手一摊，做了一个怨不得我的表情。

宣传展板还没有最后完工，深蓝色背景板上，分成上下半区，描出一个个白色格子，像一九九八年世界杯的对阵图。学校先锋杯辩论赛，上半区八个队，下半区八个队，哲学社会学院被分在上半区，文学院被分在下半区。十六进八第一场对阵，哲学社会学院对手是外语学院，文学院对手是体育学院。前几天院系抽签前，程菁与刘建云打赌，程菁赌他们会分到同一个半区，刘建云赌不会。结果出来，程菁这顿火锅吃不上了。辩论社的伙伴们纷纷归拢院队，往日喧闹的活动室变得安静，今天只好为刘建云洗脚敷药。

刘建云这只脚的鸡眼，是最近踢球磨出来的。全校不多的十几个上海男生，正好组成一支足球队。他原来是闵行中学的校队队长，当仁不让地踢着中场10号位，擅传身后球，任意球挂死角，人送绰号小申思。在场上和队友们配合都没问题，唯一遗憾是队友习惯说上海话，刘建云经常一脸懵圈。他家里从爷爷奶奶到爸妈都说东北话，爷爷六〇年代初从鞍山锅炉厂调到上海锅炉厂援建，倔强的老头几十年没有学会上海话。因为这一点，队友们都调侃他是外援。他倒也习惯，在闵行中学校队时，他的外号就是"小东北"。

刘建云和程菁就是在球场上认识的。作为AC米兰铁杆球迷，程菁不会踢球，喜欢看球。一场辽宁队对上海队的友谊赛，辽宁队六比一碾压。这也不奇怪，吉大校园里能组织起来几百支辽宁队。程菁本来是为家乡球队助威，但全场看下来，觉得为上海队打进任意球的刘建云，怎么看怎么像米兰18号莱昂纳多,技术好,脑子聪明,出球线路合理。比赛结束后,程菁直接走到刘建云面前,哎你有点像莱昂纳多啊。这是刘建云第一次见到程菁,他有点茫然,没想到这个女孩子也喜欢《泰坦尼克号》,而且表达得这么直接。

不久后两个人又在校辩论社迎新活动上见面,临时组队的选拔赛,程菁是三辩,刘建云是四辩。程菁犀利活泼,一马当先;刘建云冷静沉稳,坐镇中军。两个人配合默契,摧枯拔朽,双双选入辩论社。上一任主管领导给辩论社提名"汇英",大概是广汇英才之意,吉祥物是一只老鹰,看来写惯公文的领导喜欢谐音梗。这一任主管领导接见队员时,问程菁有什么特点,程菁告之最大特点是聪明,全沈阳前三甲,铁西区第一名。一席话逗得新领导哈哈大笑,于是赐名辩论社"智博",褒奖辩手们智力卓越,知识广博,又谐音着辩论本身是一场智力搏斗——前后两届领导似乎都觉得谐音幽默。当然叫什么不重要,新领导要全力打造新社团,希望在几年后的全国大学生辩论赛中有所突破,随即也拨下来一笔活动经费。辩论社全员当晚在校外的广元饭店聚餐庆祝,点上招牌菜腊肉豆角、辣子鸡块、怪味花生,窗外薄雪飞舞,室内酒酣耳热。每个人都来敬程菁,正是因为她,辩论社终于摆脱"汇英",今后在名称上和供销社可有所区别。程菁也不推辞,两腮微红,眼睛发亮,从耳垂到脖颈的一侧,白瓷般晶莹凝光。和瓷器不一样的是,透过光看过来,有一层柔柔的茸毛,微微摇摆。紧挨着程菁坐着的刘建云,喝得迷迷糊糊,看得傻傻痴痴。当晚回寝路上,两个人走在队伍后。天寒路滑,程菁一个趔趄,抓住刘建云的手,偏偏她这只手没戴手套,细腻柔软,掌心温热。刘建云将她拉到怀里,前面的队伍渐行渐远,似乎忘记了有这两个人。目光交错间,杏花开了又败,白桦绿了又黄,转眼就到了如今的大三。

刘建云穿上拖鞋,踩了一踩,觉得没那么疼了。他本来想提议去B食堂吃晚饭,学校ABCD四个食堂,刘建云独爱可以点菜的B食堂,在窗口等菜时,发呆地望着炉火,烟雾蒸腾间很容易陷入松弛的遐思。平常程菁也是拉着刘建云在食堂的二楼学习,明亮的阳光从大片大片的玻璃窗洒进来,照亮擦洗过的地面,读书疲倦了就靠在窗边,看着外面篮球场热热闹闹的比赛。但是看程菁今日表情,刘建云觉得不易善了。他建议还是去吃顿火锅,既是预祝他这位球星尽早复出,也是预祝程菁的文学院提前出线,毕竟谁抽到体育学院都会提前出线。程菁转怒为喜,提出坐315公交车去市中心的文化广场,那里有她最爱的火锅店"川王府"。刘建云不敢说不,拖着一条腿,由程菁扶着下楼,一路上程菁温柔地安慰他死瘸子快点走。两个人走到萃文楼门前,晚风怡人,彩霞满天,两边路灯上挂着天蓝色道旗,"欢迎1999级新同学!"大一新生的军训队伍正从远处走来,同学们整齐地唱着"何惜百死报家国,忍叹惜、更无语、血泪满眶"。刘建云驻足听了一会,若有所思。程菁拍拍他,屠洪刚发行的新歌,《精忠报国》。看刘建云还沉浸其中,程菁指着军训队伍说,哎这是你们哲学社会学院的新同学,你看举旗的那个大一同学,又高又瘦,像个马猴似的。

三

地下室里万籁俱寂,只余仪器嗡嗡运行。舒昕以科学为由,请所有佣人离开,只剩Jacky、舒昕和他们带来的工作人员。刘建云颅脑四周贴着电极,酣睡在他们面前,皱着眉头,眼皮不断眨动。Jacky对视着眼前那尊石像,盯着武士石铸的双眼,半天没有说话。过了一会,他转过头,看一眼舒昕,阴沉一笑。舒昕心领神会，径直走向翻页器。Jacky摆摆手，示意她稍等。他对着那个印度裔的小伙子扬一下头，Check the cameras。这个工作人员走过来，拿出一根棒球棍大小的手持探测设备，极为认真地对着天花板和房间的所有角落检测一遍。探测设备保持绿灯闪烁，没有发现异常。他又打开笔记本电脑，启动一个程序，仔细地搜索任何无线网络信号。做完这一切，他向Jacky汇报，No cameras or wifi in the room。Jacky指指翻页器，这个印度裔小伙子将笔记本电脑连接在翻页器上，输入一串数字，启动隐藏的后门程序，轻轻将翻页器的磨砂壳子打开。刘建云当年的日记，一览无余地呈现在众人面前。舒昕上前快速翻了一遍："千禧年前后的日记都在，但缺了一页，二〇〇〇年一月一日的日记，不知道被谁撕掉了。"她翻完后，指示那个印度裔的小伙子继续操作，翻页器里的机器抓手，开始按照被设定的节奏，冰冷地一页页翻动。

舒昕和Jacky站在翻页器前，低头看着日记。舒昕抚摸着连接翻页器的笔记本电脑，Jacky摆摆手，用标准的中文说："还早。"此时的翻页器下，正翻到刘建云一九九九年十月十四日的日记：

星期四　十月十四日　晴

昨天中午居然下雪了，来吉大三年，下雪最早的一次。

这几天日记记得零散，辩论赛占用太多时间，除了辩论就是辩论。"过程重于结果/结果重于过程"，外语学院的姑娘们真难搞，五个评委里有两个判外语学院赢，第一轮就这么凶险。

校团委组织得太混乱，打了一轮就暂停，校学生会那边的消息说要配合千禧年晚会，今年先锋杯作为校园文化节的重头活动，决赛可能要放在十二月三十一号的晚上。跟拉面似的，抻两个多月。下一轮对行政学院，又是一场恶战。那边法学院对商学院，估计法学院要赢。这个半区的决赛，就是你们对法学了，也是老对手。

程菁那边的分组走大运，体育学院之后是物理，半区的决赛估计是对管理。文学院赢面大。

你这一段不能耽误英语培训，同文英语培训你还得去，不能三天打鱼两天晒网。你这英语实在不灵，考研英语不能拖后腿。想考回复旦，这条路不好走。

这一段花销你要控制，今天下午取100元，存饭卡70元。每周固定存70元饭卡，一天10元饭卡定额，利于管理。

这几天也没有整理花销，补计在下面。

Cost：201电话卡28元，《书屋》5元，海飞丝+洗澡，21+3元，矿泉水2元，《体坛周报》1.5元，六级模拟真题11.5元。网吧2.5+4元。

少去网吧！

四

冬日的暮色沉在校园里，宿舍区泛着灰白光芒，如一片黯淡的冰海。远处图书馆透出暖黄色，宛如冰海上隐隐约约的灯塔。宿舍楼前种着白杨，枝条萧瑟柔韧，迎着高空中的寒风，发出飒飒声响。刘建云站在文苑二舍门口，长吸一口气，空气凛冽，冰凉干净。他看一眼表，五点三刻，程菁估计已经到了图书馆的机房，洗干净双手，坐在机房门口的长椅上，吃力地给高筒皮靴套上鞋套，准备晚上六点的电脑辅修课。刘建云戴上灰色毛线帽子，拉上深蓝色棉服的拉链，踏着积雪，走向宿舍对面的萃文楼，又从萃文楼左转到图书馆的正门。图书馆正门前，摆着校训石，灰黢黢一块大石头，覆着一层雪，背面刻着校训，正面刻着"吉林大学"四个红字。校训石后面，就是图书馆的配楼。二楼是报告厅，以往先锋杯辩论赛的赛场；一楼是机房，程菁所在的教室。

刘建云的机房是学校北门外的网吧。北门出来是吉大家属区，六层高单元楼，一排排灰扑扑地展开，每个单元都是银色铝合金封起阳台，一楼门口挂着军绿色棉门帘。拉开帘子进来，穿过贴满小广告的门洞，左手边是101，右手边是102。这两套房子往往被改成饭店或网吧，装修风格相似，满眼黄木包边，黄门框黄地板，不同的是饭店里摆着餐桌，网吧里摆着电脑。刘建云常去的学苑网吧，102这套两居室房子，主卧背对背摆着八台电脑，次卧背对背摆着六台电脑。老板在客厅里摆上吧台，开机收费，兼卖饮料面包。刘建云推门进来，老板正在吧台后面看VCD，周星驰新片《喜剧之王》，男主角在晨光熹微的海边对远去的女主角喊"我养你吧"。老板抽着一根红山茶，看着刘建云进来，吐一口烟说：

"你说这不傻逼么。"刘建云附和一句，开了一台电脑。小房间里两三个上网的同学，有的在看《还珠格格》第二部，尔康保护着香妃与一群黑衣武士打来打去；有的在玩《星际争霸》，人族和虫族围着一堆水晶鏖战正酣。刘建云挑最里面挨着暖气片的位置坐下，拨号上网，点开OICQ，弹出一只企鹅，下面一行小字"中文网络寻呼机"。刘建云输入自己的OICQ号码和密码，随着一声"咳咳，啾啾啾……"，他那红色狐狸头头像亮了。长春是大辽黄龙府的南郊，他给自己ID取名"直捣黄龙"。好友一栏寥寥几个人，其中之一是Christina，程菁的ID，一只蓝色海豚。

刘建云不能理解，程菁为什么会觉得网络聊天比面对面聊天有意思。他觉得这玩意蛮无聊，但是程菁乐此不疲，每次去机房上课总要让他来网吧陪着。他能想象到程菁就坐在机房里笨重的白色台式机前，掀去盖在显示器上面的帘子，通电，开机，敲一敲嗡嗡响的机箱，拍一拍抖动的显示器，点击OICQ。果然，Christina的头像亮了起来。

Christina：Honey，你干嘛呢？
直捣黄龙：真是个好问题，你猜？

Christina：我猜在上网。

直捣黄龙：智商惊人啊，这都能猜到。

Christina：你坏死了，你猜猜我在干吗？

直捣黄龙：不会也在上网吧，不能这么巧吧。

Christina：我是问我在电脑前干吗？

直捣黄龙：对着显示器化妆？

Christina：我在搞文学啊。

直捣黄龙：搞……文学？文学是哪位同学，这么可怜？

Christina：就得把你屁股打烂！我在写这一期的《朔风》卷首语。

直捣黄龙：你这真是主编的心，编辑的命。

Christina：甭废话，给你看一段，让你们这种冷酷的理性主义者学习下。

《朔风》(吉林大学文学院"第五季"文学社　编)卷首语：提笔时正是北国的初冬，一片朔风之中愈显出这片土地的雄浑与辽阔。我们的《朔风》也终于走到了这一季。冬是这样一个深沉的季节，远离了太多繁华和喧嚣，而心中却拥有一份淡淡的欣慰及随之而来的沉甸甸的希望。因为，我们所付出的，无不饱含着最为真纯的热情；我们所执著的，远不仅仅是手中的笔与文字塑就的世界。生活才是每个人所面临的最宏伟的事业，而正是在文学中，心灵拥有了一个个飞扬的美好时刻。

直捣黄龙：写得真感人，我都快哭了。这期有程作家哪篇大作啊？

Christina：嘿嘿，激动人心的文学史时刻马上到来了。这一期要发表我的一首诗，我等你来洗脚那天写的，都没告诉你。

这时刘建云发现校团委老庞上线了，绿色鸭子头像亮了起来。老庞是马克思主义哲学研究生，今年研三，正在校园委实习，留校可能性很大。这次先锋杯辩论赛，就是校团委在具体组织。现在上半区决赛对阵是哲社VS法学，下半区决赛是文学VS管理。上下半区的辩题都已公布，哲社VS法学的辩题是"孙悟空比猪八戒更适合当老公/猪八戒比孙悟空更适合当老公"，文学VS管理的辩题是"纯文学比通俗文学对社会的影响大/通俗文学比纯文学对社会的影响大"。辩题出来后一片哗然,哲社和法学共同表示谁适合当老公不知道,但是出这道破题的不适合当老公;管理学院的同学们怒斥黑幕,文学院则表示题目很有水平,不服气的别在吉大读了,去写通俗文学去吧。吵吵闹闹的喧嚣下,刘建云和哲社队员们冷静地商量过,还有二十多天就是千禧之夜的总决赛,最好能打听出来总决赛的辩题,准备半区决赛之余,提前准备总决赛。他看着老庞的鸭子头像,决定去套套话。

这时候Christina的头像在闪烁:"喂,你还活着吗?吱个声。"刘建云发了一个"吱"。Christina说:"是不是很激动,这首诗你会在心里记一辈子。"刘建云懒得回复,他点击着老庞的鸭子头像:"庞师兄好。"他没有注意到,Christina那边的对话框不断闪动,发过来一首诗:

合响

Christina

我是一条小溪,

静静地流过你的小磨坊,

不要大海的澎湃,

不要松涛的悠扬,

只要夕阳,为我整理晨妆。

我是一条小溪,

悠悠地流过你的小磨坊,

野草侵蚀栅栏前的台阶,

菟丝爬满剥落的红墙,

我轻轻地呼吸,

逗弄水车年老的吱哑。

我是一条小溪,

默默地流过你的小磨坊,

澄明的心,

转转石磨的交响,

氤氲的暑气,

留一抹石凉。

我是一条小溪，

　　流过你的小磨坊，

　　灵动与温柔，

　　只为你门开的欣喜，

　　只在你酿出浓浆。

　　刘建云没有顾上读这首诗，正和老庞聊得正酣。老庞那边很识趣，他的导师打过招呼，让他帮帮自己学院。老庞表示总决赛确定在十二月三十一日晚上，学校体育馆千禧之夜大联欢的最后一个环节。辩题刚刚确定，他让刘建云找张纸记一下，就在OICQ上发给他。刘建云翻翻兜，连卫生纸都没带，电脑台子上倒是有一只圆珠笔。他一转头，发现旁边的窗台上，有个揉成一团的红双喜烟盒。他撕开烟盒，老庞发来辩题：

　　"爱情是无价的／爱情是有价的"

　　他急匆匆地记在烟盒上，那边老庞说了一句："没别的，下了。"他刚想说几句千恩万谢的话，就看到Christina蓝海豚头像在闪动："哎你还没看完啊，我这边要下机了。"刘建云不经意地扫了一眼："你们《朔风》尺度这么大了，'门开的欣喜'？'酿出浓浆'……"Christina有点懵，过一会儿似乎想明白了："你这臭流氓去死吧！你给我等着！"刘建云还想挑逗几句，没想到暗下去的老庞头像又亮起来：

"对了，再跟你透个底，改赛制这个事，你知道吗？"

五

舒昕俏皮地和武士石像站在一起，比比身高，一幅成竹在胸的表情，轻松地看着躺在面前的刘建云。Jacky邪笑着走过来，几乎贴在她脸上，双眼里充满着野山羊般的欲望："你的魅力不要落空。"舒昕两只手作势要推他，但没有发力，轻轻按着Jacky的胸肌，娇嗔着说："你最有数。"她转头看着沉睡的刘建云说："他们这些单身老男人也知道。"Jacky贴着她耳朵说："上次很成功。"说完亲了一下舒昕的耳垂。舒昕脸色潮红，走到翻页器前，转头对Jacky说："别忘了我是创意写作专业毕业的哦。"她回过头，机器正翻到十二月十日的日记：

星期五　十二月十日　阴

这赛制改得真他妈绝了！昨天晚上老庞说，千禧晚会领导要来讲话，电视台要来直播，学校要评选一批千禧之星，分了一个名额给辩论赛决赛，谁夺冠给谁。但两支辩论队，拢共八个人，千禧之星只有一个名额，总决赛就这么稀里糊涂地改成1VS1的赛制。

这么一改有一大堆麻烦，现在辩论队四个主力，一辩二辩三辩四辩。假设过了法学这一关，谁代表哲社参加最后的决赛？这个千禧之星和保研资格挂钩，到时恐怕闹翻天。而且具体怎么改，一个人既要完成一辩的立论，又要完成二辩三辩的攻辩，还要完成四辩的总结陈词？这不是辩论赛，是铁人三项。最绝的是，万一哲社和文学院都进了决赛，你和程菁要终极pk？

这赛制改得恶心，但有奖励总比没奖励强，能保研总比领个证书强。程菁成绩好，考到上海有可能，复旦去不了就去华东师大。以前闵中的师弟王平考上了华东师大中文系，到时托他打听打听。有这个保研名额的话，你可以试着保回上海。早晚总要回上海。

但是程菁不一定愿意和你回上海，东北这种破地方，有什么留恋的呢？被雷劈也得离开东北！

Cost：存饭卡20元，卫生纸2元，电影5元，方舟书屋办卡12元，6个月借30本书。

六

如果站在吉大北门望向校内，眼前这条路既是歪的，又是个斜坡，被戏称为"歪门邪道下坡路"。沉沉暮色下，路上是厚厚的积雪，两旁苍茫的榆树，枯枝上挂着白霜。远方的大烟囱，缓慢地吐出白烟，冰柱一般，凝在半空。

北门外唯一的一班315公交车，北边终点是吉大北区，南边终点是吉大南区。天气太冷，临近年末，车里没有几个乘客。刘建云从315下来，佝偻着腰，搓搓手，呵着白气，脸色凝重地望向校园。路的尽头是校训石，校训石后面是图书馆，图书馆对面是萃文楼。他知道程菁就在萃文楼的九阶上课，今天下午有程菁喜欢的古代文学。

阶梯教室后窗上结着一层霜花，教室昏暗，学生抄着笔记，浮动着细微的沙沙声。在薛老师写板书之余，刘建云悄悄溜进去，坐在最后一排角落里，注视着坐在第一排的程菁背影。程菁显然看到他进来，但倔强地一动不动，两只大眼睛牢牢地看着黑板。满头银发的薛老师，正在黑板上抄写着《满江红》。抄完"待从头、收拾旧山河，朝天阙"，薛老师潇洒地弹出粉笔，转过身来，掸掸旧西装胸口的粉笔灰："同学们，最近那个歌手屠洪刚出的新歌，化用了《满江红》的意境。理解岳飞的这首词，大家要了解当时宋金对峙的背景……"

刘建云脱下帽子，将手套围巾一并放到帽子里塞进桌膛。教室最后一排背后，就是暖气片，他拉开羽绒服拉链，敞开怀坐着，看着薛老师认认真真地在黑板上画着南宋防御部署，以及岳飞的北伐路线。中文系同学们似乎觉得无聊，有几个女生在窃窃聊天。不知道为什么，刘建云看着黑板上的地图觉得亲切。

薛老师发现同学们兴趣不大，看一眼手表，时间也不多，就接着讲南宋另一首词，蒋捷《虞美人·听雨》。"这个蒋捷出生的时候，相距岳飞去世，差不多一百年。《虞美人·听雨》

是蒋捷最有名的作品,他经历了南宋的覆灭,宋词到此一并结束了。哪个同学能背出第一句?"程菁坐得近,直接就背出第一句:"少年听雨歌楼上,红烛昏罗帐。"词的内容旖旎香艳,但程菁声音很冰,不动感情。薛老师点点头,满怀欣赏地看着自己得意的学生。坐在后排的刘建云,低沉着嗓音接了下一句:"壮年听雨客舟中,江阔云低、断雁叫西风。"刘建云不动声色,但毕竟是辩论队队长,嗓音有金石般的铿锵,刻意将"断雁""西风"读得顿挫抑扬。他是中文系课堂上的常客,或是来旁听,或是来接程菁下课。几个女同学扭过头冲他笑笑,看来知道他和程菁最近闹别扭,一副看热闹不嫌事大的表情。薛老师也认识刘建云,他朗然一笑,自己接了最后一句:"而今听雨僧庐下,鬓已星星也。"他的"星星也"拖着长音,老人家吟诵起来,自有无限沧桑。念完这一句,薛老师一时无语,望向窗外,夕照昏黄。他定定神,对着讲台下这一张张年轻的脸:"悲欢离合总无情,一任阶前、点滴到天明。"

教室里平静无声,是否有爱情能够穿越家国覆灭与半世漂泊,让两鬓霜雪的诗人用一生的时间念念不忘?薛老师慢慢讲:"这首词可以被视为感怀之作,寄托蒋捷的山河之恸与故国之思。或者直接读为一首情诗，也无不可，但不是你们现在一起上自习、一起涮火锅的爱情。在罗帐里爱一个人是容易的，经历了几十年沧桑岁月的摧残后，在客舟或僧庐下，这份爱还在不在？"看大家不言语，薛老师也想讲得轻松一点："翻译成你们熟悉的，比如异地恋。你留在长春当语文老师，男朋友去上海当大老板，这份爱还在不在？"

几个同学笑出声，薛老师也在笑："我们就以爱情结束这学期的唐宋文学选读，哎程菁咱们文学院的决赛辩题听说也是关于爱情吧，你们抽到的是正方还是反方？"程菁无精打采地说："正方，'爱情是无价的'。"薛老师："正方这个立场好啊，非常适合咱们学文学的。我给你们准备几首爱情诗。"他又看了一眼刘建云说："那你们哲社抽到的就是反方喽，'爱情是有价的'，输定啦。"此言一出，教室里哄堂大笑，刘建云也陪着笑，眼神中有一丝阴翳。

下课，同学们三三两两离开教室。程菁坐着不动，很缓慢地收拾笔记；同寝三个女生彼此犹疑，不知道是不是和程菁一起走。她们瞟一眼刘建云，刘建云使使眼色，扬扬下巴。几个女生就势和程菁打个招呼，结伴走出教室。教室里走到没什么人，程菁一拎书包，气鼓鼓地起身。刘建云低着头跟上去，拉拉程菁羽绒服的袖子。程菁一甩袖子，蹬蹬加快脚步下楼。刘建云疾走几步，在二楼到一楼的楼梯转角处拉住程菁的白围巾。他心里急，手劲大，拉得程菁一个趔趄后仰，险些摔倒在他怀里。程菁真得怒了，猛回头道："你干什么？！"

刘建云火气也上来了："跟你道歉行不行？"

程菁道："道什么歉？你有什么错？"

刘建云刚想继续解释，看着一对同学惊诧地走上楼，便不言语。程菁赌气不看他，转身对着拐角处的落地窗。窗外的天色暗下来，一片幽蓝。

待闲人过去后，刘建云压低声音说："我今天去北区的校团委打听过，这次冠军的保研资格，确定可以外推。"

程菁冷冷地听他讲，也不说话。

刘建云尽可能耐心地解释着："我不是自私。这个名额给我，我试试保送回复旦或华东师大，我当年高考离复旦就差四分。你考回去，我们都在上海，我的未来计划里一直有你。"

程菁不回头，她望着窗玻璃中的自己，仿佛在对自己说话："你拿我们文学院的荣誉当什么了？比赛结果是可以提前说好的吗？"

"没有什么你们学院的荣誉,这次决赛不就是你一个人上场么,就是你的荣誉……"

程菁打断他:"你拿我的荣誉当什么,感情是可以用来计算、用来交易的吗,是可以为了实现利益最大化的吗?"

刘建云一时语塞,程菁幽幽地说:"东北不好么,留在长春,或者回沈阳,也很好啊。"

刘建云说:"你去过上海,就不会想回东北。我不想被人称呼为'小东北',我一定要回上海。"刘建云最后两句话说得咬牙切齿,一股无端的恨意,让他的手控制不住地发抖。

正因为一半东北人一半上海人,在上海被称呼为"小东北",所以一定要回上海,这样一个莫名其妙的逻辑,程菁似乎懒得琢磨了。她围好围巾,转身下楼,头也不回地对着刘建云说:"赢了我,凭本事去吧。"

刘建云目送着程菁的背影,一动不动,就像被冻在当场,冻在这一楼和二楼之间,上也上不去,下也下不来。面前的玻璃如一面镜子,清晰地映出他仓皇失措的身影。他抬起脚狠狠地踢过去,玻璃破碎的那一刻,很像一个人踩在冰上,冰湖在脚下哗啦裂开的声音。

七

就像哪里失火了，火势刚刚被扑灭，楼道里弥漫着渐渐淡去的黑烟。刘建云穿行在萃文楼一楼的楼道里，失魂落魄地寻找程菁。他感到头很痛，没来由地痛，像是神经被一只手抽出来，但又没有疼得那么尖锐，钝钝的，有些麻木。萃文楼今天很诡异，安静得出奇，像一座鬼楼。他从阶梯教室找到楼道两侧的小教室，每一间教室都是空的，没有程菁，也没有什么人。有的教室黑板上留着板书，写着数学和物理公式；有的教室桌椅上放着粉色或棕色的水壶，杯口敞开着，冒着热气。

刘建云茫然地站在教室门口，他第一次感到，熟悉不过的萃文楼，像一座可怖的迷宫。但无论多么古怪，他的内心有一种莫名的驱动，驱动他一定要找到程菁。他转到楼道尽头，在楼梯下的隔间里，有一家新开的方舟书店。刘建云想起来，他前一段办过卡。他记得书店四壁的书架上，都是人文社科旧书，老板从毕业生那边收过来，租给在读的同学；进门长桌上堆着考研英语、考研政治的复习材料，红红绿绿的长卷，印着辅导名师的头像或名字，大多是三折的盗版书。萃文楼里，只有这个地方没找过了。刘建云推开门，浓郁的黑气扑面而来，如细密的墨色雨滴。刘建云环顾四周，这是他全然陌生的方舟书店，书消失了，书架消失了，四壁像是原始洞穴的石壁，粗粝，潮湿，晦暗。

刘建云愕然地站在书店中央，周遭的黑雾在空气中缓慢地旋转，让出眼前一条通道。通道尽头，几步外的书店角落里，一个女人端坐在地面上，周身罩着深黑色长袍。袍子看起来脏兮兮的，像麻袋一样毛糙，沾着松针与雪水，似乎这个女人穿越郊外的密林而来。她的眉眼完全笼在罩袍暗影里，只能隐隐看到她干瘪的嘴，像一个风干的核桃。刘建云觉得这是一个上了年纪的女人，果然，女人开口说话，声音苍老嘶哑：

"到我面前来，年轻人，你在找什么？"

刘建云靠前两步，站在这个女人面前。他本来不想回答，但却莫名地蹲下来，迷茫地说："我在找程菁。"

"曾经？你的过往，你的回忆？"

"不是，程菁是我女朋友，我们吵了一架，她消失了。"

"为什么吵架？"

"为迎接千禧年，今年全校辩论赛总决赛的冠军，会获得一个保研名额。我前几天跟程菁说，让她主动输给我，我要通过这个名额回上海。"

对面的女人阴沉地笑了一声："你会回到上海的。二〇〇一年秋天，你保送到华东师范大学哲学系，在二〇〇四年获得硕士学位。毕业后你入职上海房企绿地集团，担任集团领导的秘书。短短几年你赢得领导的信任，负责开发世博片区的楼盘。二〇〇八年后相关政策抑制高房价，上海房价一度下挫，你却从中嗅到商机。你离职后成立自己的公司，不断地加杠杆，在房价低点大量吃进地皮，享受到后来高房价时代的红利。你将成为上海滩的地产大亨，在佘山的别墅俯瞰上海。"

刘建云表情迷茫："你怎么能预见到这一切，你是谁？"

"一个算命的人。"

"算命的人？"

"我算得准的，我还算到你和程菁这个女孩子分手了，你即将有新的爱人。"

刘建云很吃惊："是谁？"

这自称算命的女人诡异一笑："我将她的名字写在手掌上，你靠近一点，我给你看。"

刘建云靠过来，只见这算命的女人，从罩袍下缓缓伸出一只手。这只手纤细修长，皮肤细腻，完全是年轻女人的手。他来不及多想，就看到这只手在他面前摊开，手掌上的那个字是：

"我"。

刘建云震惊之余，却看到面前女人抬起头，一张既陌生又隐隐熟悉的秀脸，展现在他面前。这女人笑着说："记住这句话，'人终将为其年少不可得之物困扰一生'。"

八

一九九九年十二月三十一日，傍晚，千禧年即将在几个小时后来临。

刘建云从文苑二舍出来，紧紧深蓝色领带，扯扯白衬衫袖口。他身上这套黑西装，还是高考后妈妈带他去老闵行百货商店买的，百货商店外就是他熟悉的香樟路。一九五九年为迎接上海锅炉厂、上海重型机器厂等等大厂的到来，作为闵行的淮海路，这条香樟路两个月时间建成，在夏日阳光下苍翠繁茂。妈妈带着他去闵行饭店,点了响油鳝丝与八宝辣酱,还点了招牌菜青鱼划水。妈妈给即将远行的儿子不断夹菜,用夹生的上海话叮嘱他:"儿子,侬到东北去好好读书,毕业后一定要回上海,此地才是侬屋里厢。"妈妈虽然也是辽宁人,一直努力跟他讲上海话。但她无法区分郊区与市区的发音,讲得其实是上海人眼中的本地话,并非正宗上海话。她无论怎么努力,也始终没有搞懂,上海的本地话不是上海话。

穿过宿舍楼中间的日晷广场,左转后不远处,就是刚刚落成的体育馆。体育馆的造型憨态可掬,顶部像银色的飞碟,降落在一个圆滚滚的明黄色米仓上。刘建云不知道自己是不是头晕,他觉得体育馆似乎在晃动,就像老化的显示器,不间断地闪烁几下。眨眨眼睛,一切又恢复了正常。他环顾四周,右手边B食堂门前,有一对情侣在堆雪人,女孩子围着一条白色围巾,正笑嘻嘻地将一根胡萝卜插到雪人鼻子上。左手边文苑八舍,有两三个女同学从对面学生浴池回来,长羽绒服配着拖鞋,抱着天蓝色塑料脸盆,头上裹着浴巾。其中一个似乎是程菁的同学,看到刘建云过来,就在女伴耳边窃窃私语几句。刘建云匆匆加快脚步,从女生宿舍门前走过。

刘建云走到体育馆前，仰望寒夜，星光幽远明亮。此时校园广播响起，先是一个女同学在播音，声音清亮温柔，介绍今夜的狮子座流星雨。女播音讲，流星雨每年都有，但今夜这么大的规模，天文学家说千年一次，上一次还要追溯到上一个千禧年。女播音讲完，一个男播音接着讲，以轻松幽默的语气，讲起吉大校园里流传多年的一个段子。据说图书馆门前那块校训石，就是一千年前落下来的陨石，建校时就在原地，难以移动，故而刷上红漆，写上校训。谈恋爱的同学不妨在校训石下许愿哦，这块石头据说很灵验。说到恋爱，女播音接着讲，一千年的轮回，一千年的等待，流星雨留下了许多美丽动人的传说。在我们这个千禧年到来之际，但愿温柔的星空让你感动，但愿你和相爱的人始终相伴，一起看那流星雨落在地球上……

刘建云绕到体育馆后门，从演职人员通道走到候场区，学生会工作人员忙忙碌碌，按照演出时段安排候场。晚会将在八点开始，刘建云看到学校舞蹈队的女孩们已经就位，拖着大红裙子在一起聊天；武术表演的同学们，穿着白绸子上衣黑缎子精武裤，活动着筋骨做着热身。陆陆续续有校园歌手总决赛前十强选手到场，几个女歌手在化妆间前排着队，彼此淡然地寒暄。在校园歌手总决赛决出冠军后，十一点左右，就是先锋杯总决赛，刘建云vs程菁，哲学社会学院和文学院的终极一战。刘建云环顾左右，没有看到程菁。离比赛时间尚早，他走到二楼观众席入场通道口，看看馆内的热闹。一千三百多个座位座无虚席，大多是1999级的新生。有几个同学把头发染成五颜六色，挂着一身毛茸茸的彩带，像群火鸡一样绕场一圈，惹得全场阵阵欢呼。维持秩序的校团委领导一团和气，微笑着招呼大家坐好，长春几家电视台的记者们在座位间穿梭采访……刘建云看了眼悬挂在体育馆上空的时钟，十九点三刻，晚会即将开始。他走回后台，看到程菁终于到了，踩着高跟鞋，穿着一套黑色女士西装，白衬衫的领子翻出来，抹着淡淡的口红，和即将入场的舞蹈队好友谈笑。走廊很拥挤，刘建云从程菁身边默默走过，感受到她柔顺长发的飘拂。他想拍拍她，但终究不敢。程菁仿佛没有看到这个人，笑靥盈盈地只顾说话。

刘建云再一次感到头晕，仿佛身处激流的漩涡中。也许是候场区暖气开得太热？他定一定神，走到走廊尽头，将窗子推开一道缝。这一千年最后的晚风，裹着细碎雪花吹进来，窗外是深渊般的夜色。好安静啊，时间停顿在这一刻。他只听得馆内传来隐隐掌声，响起开场歌舞《快乐2000年》的音乐……时间仿佛在加速，仿佛身处在光怪陆离的粒子洪流中，像深渊般的黑洞坠过去，他模模糊糊地听到十大歌手们依次演唱刘德华《爱你一万年》、张宇《都是月亮惹的祸》、莫文蔚《阴天》、张信哲《爱就一个字》、谢霆锋《谢谢你的爱1999》、张柏芝《星语心愿》、刘若英《很爱很爱你》、任贤齐《心太软》、迪克牛仔《有多少爱可以重来》、屠洪刚《精忠报国》。"何惜百死报家国，忍叹惜、更无语、血泪满眶"，这唱词怎么这么熟悉？不及多想，主持人宣布当晚校园歌手总决赛的总冠军是《精忠报国》演唱者。他转过头，走廊尽头一个学生会干部匆匆地跑过来喊，参加辩论赛的两位选手呢，准备进场了。

程菁与刘建云从候场通道走出，体育馆地板上，按照辩论赛规制摆好坐席。主持人两侧摆上左右正反方坐席，主持人对面摆上五位评委坐席。刘建云在反方辩位落座时，扫了一眼评委席，认出五位评委是来自法学院、行政学院、商学院、管理学院、外语学院的教授，西服正装，一脸肃然。主持人简短开场，语速飞快，看样子是想把校园歌手环节拖沓的时间补回来，毕竟辩论赛之后就是迎接千禧年的全场倒计时。主持人首先请正方程菁完成一辩位的立论发言，程菁落落大方地站了起来：

"主持人，评委，老师和同学们，大家晚上好。我方的立场是：爱情是无价的。有价还是无价，衡量的是有价格之物。价格从何处来？价格从交易中来。故而什么东西是有价格的，可以交易的东西是有价格的，而爱情是不是可以交易的？答案很明确，爱情是不可以交易的，可以交易的，就不是爱情！（全场掌声）故而我方和对方辩友今天辩论的焦点，是我方认为爱情不可交易，对方辩友认为爱情可以交易。谈个女朋友，十块钱三斤，比猪肉的价格便宜（全场大笑）。下面我将从以下三点，论证我方观点……"

刘建云默默地坐在对面，看着灯光下的程菁，神采奕奕地飞扬文字。多么年轻的一张脸啊，红润，饱满，嘴唇晶莹发亮，眼神熠熠发光，沉浸在充满才华的逻辑之中，享受着全场的欢呼与呐喊。程菁完成三分钟的精彩立论，微笑着坐下去。在全场雷鸣般的掌声后，文学院坐席默契地打出准备好的横幅，一起喊出口号："吉大文院，天下无双。"哲学社会学院坐席的同学们反应也快，军训时举旗的那个又瘦又高的同学，用浓郁的辽宁话领着哲社同学们喊："吉大文院，说学逗唱。"双方斗嘴这一幕，惹起全场一阵欢笑。在哄笑声中，刘建云站了起来：

"尊敬的主持人，诸位评委专家，老师和同学们，大家晚上好。我方的立场是：爱情是有价的。有价还是无价，这个价不仅仅是价格的价，也是价值的价。爱情固然没有价格，我女朋友肯定也比猪肉要贵（全场笑，有同学吹口哨），但爱情是有价值的，而且价值是可以比较的。我祝贺刚刚获得校园歌手总决赛冠军的同学，他唱的是《精忠报国》。试问在直捣黄龙的前夜，岳飞女朋友和他闹别扭，雪片般的情书飞来，勒令他班师回朝，这岳飞听还是不听？不听，那女朋友要分手可怎么办，对方辩友可是告诉过岳飞，这爱情是无价的呀。（全场大笑，掌声）好，下面我也从以下三点，论证我方观点……"

一辩位的立论环节各自完成后，主持人随即请双方进入二、三辩位的攻辩环节。由于改了赛制，整场一二三四辩位都是由一个人完成，非常考验辩手的综合能力。依然是正方发起攻辩，程菁提问，刘建云作答。两个人同时起立，程菁一手握着手卡，另一只手邀请刘建云：

"对方辩友，爱情没有价格，无法比较，你觉得是，还是不是？"

"爱情没有价格。但如我方立论所言，爱情有价值，价值有高低，故而可以比较。"

"对方辩友不要偷换概念，辩题所指的有价无价，不是讨论爱情是有价值的，还是无价值的。难道你认为我方的立场是：爱情是无价值的？"

"对方辩友怎么理解正方立场是个人自由，但我左看右看上看下看，这个辩题可不简单；我想了又想我猜了又猜，贵方的立场还真奇怪。"（全场笑，有人起哄："对面的女孩看过来。"）

"对方辩友的表演很精彩，但就是对真问题不理不睬。世间万物，皆有价值，讨论爱情有无价值毫无意义。对方辩友第一次偷换，就是偷换有价无价这个概念。请注意，对方辩友还有第二次偷换，对方还偷换了爱情这个概念。岳飞将军在阵前奋勇杀敌，他的女朋友在后方甩脸子使小性子，对方辩友觉得那是爱，还是以自我为中心的刁蛮任性？"

"对方辩友对爱的理解是纯爱，非常纯粹，不含杂质。就像对方辩友认为谈恋爱过程中的发脾气闹别扭不是爱情本身。但佛经曰一杯水还有八万四千虫，我们喝水之前，是不是还得把这些小虫子一个个挑出去?"

主持人打断刘建云,提醒他攻辩环节不可以反问。程菁成竹在胸,接着刘建宇的问题反驳:"一杯水里或许有看不见的虫子,但虫子就是虫子,水就是水,我们是喝水,不是喝虫。同理,爱和爱的杂质也不一样。"说到这里,程菁目光凛凛,看着刘建云,也看着全场,很平静又很铿锵地强调一句:"爱不是成全自我,爱是放下自我。"

全场安静了一瞬间,随即响起热烈的掌声。主持人提醒程菁攻辩时间到,换到刘建云攻辩,程菁作答:

"对方辩友,读过金庸先生的《倚天屠龙记》么?"

"读过。"

"假设爱情是无价的,张无忌是不是就应该和赵敏,或者说,和敏敏特穆尔在一起,放弃反元的大业?毕竟按照对方辩友的逻辑,没有什么可以和爱情相比。"

"对方辩友,你还是在延续你方立论中的错误逻辑,将有价无价理解为价值的价,在此基础上将爱情理解为小爱,将家国理解为大爱,试图构建小爱低于大爱的框架。回到你的问题,家国大业与儿女情长都是无价的,在不同的时候有不同的权重。世界上的无价之物,不仅仅是爱情,但这和爱情是无价的并不矛盾。"

"不是我方偷换概念，而是对方辩友始终在将爱情纯粹化抽象化，变成一种无价的信仰，然而爱情是需要现实基础的。对方辩友来自文学院，自然知道鲁迅先生《伤逝》里的名言，爱要有所附丽。还是以《倚天屠龙记》为例，张无忌在赵敏、周芷若、小昭、殷离四位女性间徘徊，但是小昭离开中土去波斯后，他们的感情就结束了。既然爱情是无价的，张无忌为什么不跟着小昭去波斯呢？"

问完这个问题，刘建云突然觉得头部像闪过一串电流，眼前的景象，又出现那种晃动的感觉。或许是太紧张，他深吸一口气，站定身子。周围似乎没有什么异样，只听得程菁缓缓地说："张无忌和小昭是分别了，但离开她了，就不能再爱她吗？"

刘建云觉得轰的一声，脑子里的神经像缠绕在一起的电线，漏出火花，滋滋作响。他勉强站住，一时不知身在何处，满眼是白雾般的迷茫。全场观众没有发觉他的异常，倒是在发出一阵惊呼：从体育馆穹顶巨大的玻璃天窗望出去，几颗流星你追我赶地划过。主持人适时引爆气氛：精彩的攻辩环节到此结束，让双方辩手休息一下，让我们昂首望向苍穹，千年一遇的狮子座流星雨，正在划过星空！同学们，美好的千禧年，即将到来！

刘建云坐立不安，仿佛听到一阵狮吼声，从远古传来，吼叫声中有阵阵宿命的悲哀。他模糊听到主持人宣布回到辩论赛，请双方辩手做最后的总结陈词。按照规则，总结陈词由反方四辩位开始。刘建云脸色苍白，有气无力地背完准备好的稿子，现场效果平平。很多观众的心思也不在辩论赛上，激动地望着穹顶的流星雨交头接耳。体育馆现场时钟显示，还有一刻钟就是千禧年倒计时。主持人在程菁总结陈词前特谓提醒，时间一定不能超过规定的三分钟，超时作负。程菁站起身来，进一步反驳反方整场辩论中的错漏，精当干练地总结本方的观点。还剩最后三十秒。程菁放下手卡，望向全场：

"过往的千年即将结束，千禧年即将来临。在我们吉大学子聚在体育馆欢庆的时刻，计算机领域的很多专家，正在为隐藏在电脑系统深处的'千年虫'而担忧。很多专家乐观地预判下个世纪电脑会超过人脑，但却没有为新世纪与新千年的到来做好准备。毕竟，上一个千禧年距离我们已经非常遥远，在那一年诺曼底公爵征服英格兰，在那一年维京海盗登陆美洲，在那一年北宋和大辽鏖战正酣……"

主持人不断地指着摆在评委面前的倒计时,提醒程菁还有最后十秒钟。程菁视若无睹,继续说:"新千年的钟声,就要敲响在全世界上空。人类过去的一千年,经历了无穷的战乱、瘟疫、饥荒……"主持人大声宣布正方时间到,请程菁就座。然而程菁依然站着,准备继续讲下去。全场观众鸦雀无声,目光齐刷刷地聚焦在程菁身上。程菁看了一眼对面震惊的刘建云,缓缓地说:"过去的一千年,我们所习得的最重要的经验,就是爱。只有爱,才能让我们从机器规定好的程序中挣脱出来,才能标识出我们的存在。"评委面前的倒计时,发出超时的刺耳提示音,坐在中间的评委会主席准备站起来中止陈词,但程菁还在继续说:"未来的一千年并不乐观,机器里的千年虫并不可怕,可怕的是我们灵魂里的千年虫,是我们即将变成一堆数字的灵魂。未来的一千年我们将越来越远离爱,未来的一千年我们将越来越渴望爱。除了爱,还有什么能够穿透千年的时空……"

刘建云扶住自己的头,周围的世界碎片般崩解,他模模糊糊听到一个带着美国腔的声音说"时间快到了"。他还想看一眼对面的程菁,眼前却是浓郁到黏稠的白雾,只能隐隐听到她的声音。白雾在四周闭合,头顶些许缝隙。他抬头望向穹顶，一颗颗明亮的流星，走马灯般密集飞过。

流星雨爆发了，千禧年的钟声即将敲响……

九

"人终将为其年少不可得之物困扰一生。"

Jacky、舒昕和工作人员围着刘建云，刘建云的眼睛渐渐睁开，药效似没有过劲，眼神迟滞倦怠。

舒昕半跪下来，靠近刘建云耳边："人终将为其年少不可得之物困扰一生。"

刘建云清醒一些，慢慢坐在床上，看着半跪在面前的舒昕，叉开腿说："怎么突然说这句话？"

舒昕毫无准备，被问得发懵："我是看着别墅奢华的风格，觉得您肯定读过《小时代》，您记得郭敬明这句名言吗？"

刘建云冷笑地看着舒昕，也看着站在舒昕身后的Jacky和其他人："这句话也可能是余华说的呀。余华不是前几年获得过诺奖嘛，他说的可能性大。"

看着刘建云这般反应，舒昕一脸震惊。她清清嗓子，念咒语一般，再次字正腔圆地重复着："人终将为其年少不可得之物困扰一生。"

刘建云坐直身体，松松手腕："别演戏了。"他跳过舒昕，直视着Jacky紧张的双眼："你们设计的这句暗号，没用。"

舒昕表情一震，她回头看了Jacky一眼；Jacky阴沉着脸，没有说话。

刘建云盯着这群人讲："上个月盛唐财团的钱总，突然将全部财产捐给一个莫名其妙的基金会。事情很隐秘，但瞒不过我。钱总是我多年至交，也是你们这家新公司第一个客户，这件事怎么就这么巧。"

刘建云站起来，踱到宋朝武士像身边，有节奏地拍拍凤翅金兜鍪，转身对着他们继续说："你们不是一家造梦公司，你们是一家通过篡改梦境篡改记忆的公司，利用AI技术来实现古老的催眠术。你刚才那句话是怎么说得来着，'人终将为其年少不可得之物困扰一生'，这就是你们这场催眠术约定的暗示语吧。"说到这里，刘建云望向舒昕："你在日记本中，添加了一页。让年轻时的我，在萃文楼遇到一个女巫并爱上她，而那个女巫就是你。"

舒昕惊愕地问："你怎么这么清醒？"

刘建云看着他们笑笑，人群中负责麻醉的那个黑人小伙子，就是长相酷似球星姆巴佩的那位，默默脱掉身上雪白的"DM"制服。刘建云冲他点下头，小伙子转身准备上楼。其他几个工作人员立刻围住他，挡在他和电梯之间。刘建云拨开武士像红色的盔缨说："没用的，你们不是一直在找摄像头吗？就在这里。连接摄像头的是特制的陶瓷管道，隐藏在武士像内部，你们的设备搜索不到信号。楼上的管家，今晚一直在喝着锡兰红茶，欣赏着你们的现场直播。"

舒昕一脸死灰，Jcky也不再装傻，直接以中文开口："刘先生，你这是欺诈。"

"欺诈这个词用得好。你们DM公司的行为，已构成商业欺诈。Jacky，重新看一遍我们签订的合同吧，没有意外，你们公司在明天就属于我了。我将你们公司卖掉后，会以程菁的名义，在吉林大学设立程菁奖学金。我对母校只有两个要求，这笔奖学金倾向辩论社的同学；同时在校训石附近，为程菁立一座塑像。程菁将永远活着，和这座校园同在。"

"这就是你的目的？"

"你们这家小公司我还看不上，我要谢谢你们帮忙，帮我清醒地访问梦境。"

舒昕问:"清醒地访问梦境?你要在梦境里找什么?"

刘建云饶有深意地看着她:"你不需要知道。一起上楼喝杯茶,想想怎么跟警察说吧。我刚才拍打头盔的时候,已经报警了。"刘建云说完这句话,全场一片死寂,只听得别墅外的山路上,隐隐传来短促急脆的警笛声。

十

天空飘起淡淡的雪,刘建云和程菁从体育馆后门出来,门前几个同学燃起呲花,金色火花在黑夜里划出光晕。他们避开人流,咯吱咯吱地踏着积雪,穿过体育场的桦树林。雪地泛出幽幽的清冷的光,枯冷的树枝,指向晦暗的夜空,不时有亮银般的流星划过,远方间或传来几声鸡啼。千禧年真正来临,原来是寂寥的。两个人一路都没说什么话,刘建云将他的羽绒服披在程菁身上,程菁也没有拒绝。

两个人就这样一路走到图书馆前,流星雨愈发密集,仿如天空炸出银色的礼花。程菁不想走了,依在校训石上。刘建云靠在她旁边,沉默片刻,问道:"为什么故意输给我?"

"你更看重未来,我成全你吧。"

刘建云心底震动,转过头,想去搂住程菁的肩膀。但就在此刻,校训石突然有一股温柔的吸力,将他浑身牢牢吸附。刘建云大吃一惊,程菁也是一样惊诧,摇晃身体,仿佛被隐形的情人甜蜜地抱住。转瞬之间,在时空的罅隙里,往事历历,未来种种,纷至沓来。他们看到一千年前同一个地点,那个也叫刘建云的将军无法记录下任何一个字,绝望地在血污中战至最后一刻;看到二〇三七年后的夏天,在净月潭青松岭,程菁的车和对面的车猛地撞在一起,碎玻璃如细密的钻石猛烈溅起……"你千万不要坐上那辆车!"刘建云慌张地对着程菁大喊。程菁苦涩地摇摇头:"没用的,我们和一千年前那个人一样,马上就会忘记"。

刘建云抬头望去,流星渐渐稀疏,夜空有一种令人战栗的宁静。程菁平静地说:"一切快结束了,在未来忘记我,好好生活。"刘建云握紧她的手,五内俱焚,但脑子还是冷静。他克制住情绪,对程菁说:"试一试,逆转未来!"流星稀稀拉拉地划过,校训石的吸附越来越弱,神秘的磁力即将随着流星雨的结束而结束。两个人挣扎着下来,站在石头边。刘建云蹲在地上,和一千年前的刘建云一样,在雪上写字,但写下什么，就消失什么，就像海水淹没沙滩。程菁从衣服口袋里抽出墨水笔和手卡，飞速记在上面，但是写到下一划的同时，上一划就渐渐消失。两个人四目相对，刘建云看着苦楚的程菁，看着她挂在脖子上的吊坠绳，想到几个月前洗脚一幕。他突然有个想法，正要说话；程菁似乎也同时想到了，对他说："写在一个很难忘记的地方。"

刘建云来不及多想，鼓足勇气帮她脱掉羽绒服。程菁会意，麻利地解开女士西装的上衣，犹豫一下，没有脱下来，而是继续解开衬衫的扣子。刘建云盯着程菁的手，咽一下口水。白衬衫里面，却还有一件奶白色的毛衣，为了保暖，她将毛衣穿在衬衫里面。程菁两只手将毛衣抱头卷起来，就这么裹在头上，隔着毛衣闷声闷气地说："你快点呀。"刘建云看着米白色蕾丝碎花Bra，一时不知怎么解，伸手去解Bra正面的淡粉色鸡心蝴蝶结，被程菁严厉呵斥："后面！"刘建云毛手毛脚地解开后面的扣子，将Bra轻轻一推，程菁娇美的胸部像一块柔润的玉，在雪光的映照下一览无余。刘建云不敢多看，但还是匆匆瞥了一眼胸口双峰之间，那个AC米兰球星吊坠。也许是紧张，也许是寒冷，程菁身体发抖，打着寒颤幽幽地说："有点小哈，B罩杯。"

……程菁整理好衣服，最后一颗流星，在天幕划出一道晶莹的痕迹。她仰望苍穹，闭上眼睛，许了一个愿望。雪花自高空飘扬而下，挂在她的头发与眉毛上。这场雪越下越大，落在萃文楼，落在逸夫楼，落在行政楼，落在逸夫图书馆，落在ABCD四个餐厅，落在体育馆，落在篮球场与足球场，落在北门外的315公交车，落在公交车站旁边的友谊会馆……漫天大雪，落在每一盏路灯的光影里，落在每一条校园的小径上，这座北国校园，隐于茫茫雪中。

尾 声

二〇七三年一月，吉林大学南校区

元旦过去没几天，学校北门外友谊会馆楼下，深蓝色的夜空，映着莹莹白雪，一地红屑。这些年大家厌倦了全息烟花，厌倦了半空中激光模拟出来的八重蕊菊或蒲公英，逢年过节开始鼓捣复古轻奢的鞭炮。浏阳烟花等股票，在元旦前就不断涨停，率领大盘重返2000点。刘建云须发皆白，站在雪地里，闻着空气中没有散尽的大地红的味道。细细风起，他眯着眼睛,想起七十多年前千禧之夜的烟花。这一年刘建云已经九十四岁,从二〇三七年到今年,每年元旦他都选择回到吉林大学,在北门外的友谊会馆住上几天。

月色皎洁,刘建云不需什么人陪着,缓慢踱向萃文楼。他脚上这双GUCCI黑色雪地靴有自平衡功能,鞋尖内置摄像头还可以识别出台阶,自动牵引提升。拜严峻的老龄化所赐,老年电子产品已非常发达,从上世纪九十年代的walkman算起,刘建云这一代人经历了电子产品全年龄段的覆盖。但科技产品怎么发展,也无法解决情感与生死。这一年他在吉大住得时间尤其长,上个月Mayo clinic的心内科主任尽管努力地斟酌用词,他也听出来了,这将是他的最后一年。

校园很安静,或许期末考试刚刚结束,一群女学生从萃文楼里出来,从刘建云的身边穿过,像一群小鱼游过礁石。萃文楼的门卫看胸牌是上世纪的九〇后,但样子比他还老。刘建云打个招呼,晃下自己那张淡蓝色的杰出校友卡,径直往前走。门房靠过来,压低声音说:"洪水要来了。"

"什么?"

"要涨大水了……你不也是上海来的吗?去赛什腾山吧,

洪水要来了。"

刘建云无语，依然是上世纪七〇后、八〇后看着九〇后的眼神，礼貌地笑一笑。他轻车熟路地走到萃文楼的阶梯教室，八阶亮着灯，教室里隐隐有两个人交谈。他坐到隔壁的九阶教室，挑了最后一排的位置。这间老教室格外安静，顶灯轻微地滋滋作响，窗外北风渐起，卷起细雪，呜呜扑打窗棂。七十三年前，刘建云记得自己也是坐在最后一排，听薛老师拖着长音，面对着程菁她们朗诵"而今听雨僧庐下，鬓已星星也"。他望向程菁常坐的位置，似乎看到年轻时的程菁正将书包塞进桌膛里，摘下绒球毛线帽和围巾，和身边同学们打打闹闹。刘建云忽而觉得真是活得太久了，一部老电影已经演完，影院即将打烊，而他无处可去，卡在莫名的空洞中，烦躁而忧伤。

他哆哆嗦嗦的一双手，从大衣口袋里，取出一页泛黄的日记。二〇〇〇年一月一日下午，就是写于这间教室：

星期六　一月一日　小雪

二十一世纪的第一个下午，九阶没什么人。程菁吃完午饭就回寝室睡觉了,她说睡醒后还要爬起来写检查。文院的团委书记对昨晚比赛震怒,她的解释是说得太上头,没有注意到超时。

雪渐渐止住了,昨夜的一切像一场梦。完全记不住为什么就在校训石前面,疯了一样解开程菁的上衣,拿着笔在她胸口上写字。写的字断断续续,只能看清几个词,"千禧""校训石""未来""37""不""净月潭"。你还像个变态一样在程菁胸部写上"爱",另一边也写上了字,但模糊到完全看不清。奇怪的是程菁也允许你这么做,她呆呆痴痴地低头看着这些字,还哭着说怎么什么都想不起来,很多字好像还是消失了。到底要写什么?你们离开体育馆的时候是不是喝酒了?这真是千禧年的未解之谜。

万幸当时太晚,校训石周围没什么人,否则不敢想。太晚了寝室也回不去,你带着程菁去了北门外养老院里的经典影院。程菁平常推三阻四不愿意去,昨晚倒也没说什么。你们选了《绿里奇迹》《诺丁山》《大开眼界》,大开眼界。

对了,程菁带的那个吊坠,确定是舍甫琴科,不是马尔蒂尼。

就这么拿到保研资格了，二〇〇〇年这一年也不能放松，无论是复旦的哲学系还是华东师大的哲学系都不容易。最好能保到俞吾金教授门下，他还是复旦大学辩论队的教练。这一夜发生这么多的事情，还得好好消化啊。但无论怎么样，你今后一定要对程菁好，用她的话说，她是小溪，你是磨坊。

Cost：香香饺子午餐，熏肉大饼2元，肉6元，蚂蚁上树5元。

这篇日记，他这一生反复读过无数遍，每个字每个标点都刻在灵魂里。他并没有意识到这一天的日记很特别，直到二〇三七年夏天程菁出车祸的消息传来，他猛然感到千禧之夜在程菁胸口留下的字，可能在预言着未来，而这一切似乎跟校训石有关。他立即带着几个科学家重访吉大，以各种仪器检测后，发现这就是一块常见的陨石，主要成分无非铁和镍，唯一特别的就是异常沉重。他怕强行搬离这块石头，破坏周围未知的元素，就将校训石留在原地，对此事秘而不宣。这时他听说了Deepmind技术，也了解到DM公司尽管心怀歹意，但技术本身还是有效的，确实可以帮助客户进入特定时段的潜意识。他要回到梦境之中，重访意识深处，查清当晚的真相，寻找逆转未来的可能。但无论是利用Deepmind技术的那一次，还是这几十年来随着相关技术进一步成熟，他多次尝试的重返，在梦境中都一无所获。他在意识深处一次次站在校训石前，石头毫无异样，沉默不言。

他从九阶出来，从八阶门口经过时，听见里面的人似乎叹息了一句："心脏和心灵不一样。"他笑笑，这句话讲得蛮好的。他沿着熟悉的楼道走出萃文楼，想去再看一眼校训石。校训石依然坐落在逸夫图书馆门前枯黄的草坪上，粗糙，死寂，承受着寒冷与遗忘。在校训石的右边，竖立起一尊程菁的石像，一只手在胸前握着手卡，一只手向前平伸，摹仿着千禧之夜总结陈词的样子。石像基座上有一个黄铜铭牌，"吉林大学文学院优秀校友程菁，1979—2037"。刘建云握着程菁伸出来的这只手，在手心里摩挲，他觉得自己好累，这一生走了好久。他心脏发紧，就顺势依着校训石半躺下来，凝望程菁的侧影。借着暗蓝色的雪光，他朦胧地觉得石像的脖颈上，也有一层柔柔的茸毛，微微摇摆，好像回到上个世纪末他们在一起的那个夜晚。也许是石缝里的草籽吧，他哑然笑了，闭上眼睛。经过几十年的寻找，他已然猜到，这块神奇的石头，只有在千禧年流星雨来临的夜晚，才会生发出魔力。下一个千禧年的到来，还需要这颗星球，在冰冷的宇宙中，绕着太阳旋转九百多次。他等不到了。

世事流水，浮生一梦。他和她将记忆写在青春的胸口，以此对抗遗忘。他记不住过往，记不住未来，记不住这个世界上发生的一切，但是他始终记住了程菁，记住了胸口的那个吊坠，"舍甫琴科，后来在AC米兰进了好多球……"转播球赛的一个个夏日，夜色温柔，暖风撩人，经典影院将投影拉到院子里，柳叶哗哗作响，烧烤的铁架上，肉串啊板筋啊烟熏火燎。伴随着韩乔生与张路的解说，舍甫琴科就在电视里不断地进球，程菁就举着啤酒杯不断地笑。真好啊，我们的千禧年。刘建云想睁开眼睛慢慢站起来，但浓浓的睡意，像厚厚的棉被盖在他身上，踏实而温暖。

他睡着了，就像睡在佘山空无一人的别墅里，睡在那张寂寥的大床上。上海东部海域深处，海水在蒸腾，卷动，一点点上升，漫向整座城市。他仿佛是这座城市里唯一的人，平静地等待着命运的到来。佘山所在的松江沉沦于深海，他就这样沉入水底，缓缓看着头顶神秘的探测器，潜入水中，射出星光般的光柱,照亮浮游生物,以及万千如他一般漂浮的尘埃。而水底轰隆隆地滚动,如有上古巨兽,从地壳深处涌出来,吞噬掉世间的一切。他似乎瞥见一头黑色的巨兽,拖着生铁般的鳞片游过来。他并不恐惧,而是释然,迎接即将到来的酣睡,结束这一生的不安。像一片雪花飘落,他周身变得轻盈,滑向星空的深渊。

后记：纯文学和类型文学，能否融合？

一

华东师范大学有两个校区，一个是老校区，另一个是新校区。从新校区坐地铁到老校区，要从华师大西门外的15号线出发，到大渡河路转13号线到金沙江路，一共20站，54分钟。

假设有位同学，是不是中文系的无所谓，上地铁后无聊地刷刷手机，刷到我的小说，之后一路看到大渡河站。大渡桥横铁索寒，金沙水拍云崖暖，他几乎忘记要转车到金沙江路。这一刻，作为作者我会感到很满足。

作为一个在大学里教写作的老师，我深知自己和大师们的差距，比中国足球和阿根廷足球的差距还要大。我想写的小说，是想试试和UP主竞争。你可能会说这个更难啊，大师们都很难和UP主竞争。忘记介绍，学校门口的地铁站信号不佳，短视频刷不出来。

我尊重以不变应万变的同仁，但从现实出发，小说要把读者召唤回来。不提那些玄而又玄的文学理论，就以个人经验而论，我当年读小说，踏入文学之门，就是因为小说好看。那时候是一九九〇年代中期，我在《英魂阵》里写到的大阴魂阵所在地桓仁读中学。业余时间面临四个选择：游戏厅、台球厅、录像厅、图书馆。回想起来，幸好我在图书馆里借的第一本小说是《基督山伯爵》，万一借的是《芬尼根守灵夜》……你可能觉得大仲马多俗啊，我读大仲马入门，也不影响后来读乔伊斯。而且能和游戏厅竞争，大仲马是不多的几个作家。

我们对于今天的读者，一厢情愿的误会在于：我们往往以为读者是在自己的小说和大师们的小说之间，比如卡夫卡吧，选择读哪一本，所以腰封上请评论家写上一句，此君乃中国的卡夫卡。因此，我在腰封上读到十个以上卡夫卡了，马尔克斯、博尔赫斯等等作家更多。然而，读者真实面对的选择是：抖音B站米哈游、微博知乎朋友圈、腾讯视频爱奇艺、喜马拉雅小红书……最后，还有我们的小说？所以，我在华东师大教创意写作，开学第一课，都带一本《基督山伯爵》。我说同学们，试试能不能写出类似的故事。写出来了，咱们再唠其他的。

二

读到这里，你可能会觉得我是在提倡网络文学，"地铁读物"，文学观何其鄙俗。我有很多网络作家朋友，从草根作家到大神级的都认识，但坦率讲网络文学有时走向另外的极端。一部分网络作家，无条件地迎合读者，怎么"爽"怎么来。霸道总裁爱上我，或者自己就是霸道总裁，喜欢的小女生感冒了，你一个电话推迟高考时间……这些东西是心理按摩，不是文学，和《女婿的复仇》这类微短剧距离更近。

一定要站在某个文学立场上，可能是一种偏执。理想的文学，是纯文学与类型文学的融合。时至今日，是否还有必要牢牢守住雅俗之别？放眼全球，纯文学和类型文学如此老死不相往来，完全割裂为两个圈子，极为罕见。两类文学固然有明显的差别，但也共通着很多东西。将故事写得好看，就像一个人长得好看一样，不应是原罪。套用我们中国人熟悉的句式：是否吸引读者，不是纯文学和类型文学的本质区别。

这本小说集里的作品，核心结构都是"解开一个谜"。我写的第一篇小说是《松江异闻录》，这是解密色彩最淡的一篇，或者说这篇小说所面对的"谜"，难以有一个明确的谜底。这篇小说借鉴克苏鲁小说，我借人物之口向洛夫克拉夫特（H.P.Lovecraft）先生致敬，小说中那位"黄平老师"将这个名字翻译为"黄平爱手艺"。在《松江异闻录》之后写的东西，可能在类型化的道路上走得更远，比如《鲁迅遗稿》借鉴密室推理小说，《英魂阵》借鉴阴阳师小说，《大地之歌》借鉴上海谍战小说，《千禧年》借鉴校园爱情小说。

怎么把一个谜语讲得有趣而周密，这件事本身充满魅力。反转之类常见手段，我就不逐一介绍，这是悬疑小说普遍共享的。我在写作过程中着重思考的,是怎么在叙述速度上"提速"。我们在理论上可以对这个"加速时代"有各种批评，但不得不面对这样的现实：读者的耐心越来越少，对于速度的要求越来越高。我尝试一种自己命名的"长篇短写"的写法：将情节压密压实，少闲笔，无枝蔓，沿着主线迅速推进，在高速的叙述中强化故事性。我不讳言，远到美剧英剧近到抖音B站，都对这种写法有所启发。当然这种写法的优缺点也是显而易见的，我在下一部小说集中，也会有所调整。

这种写法并不仅仅是试图从短视频那边拉回来几个读者，至少有几篇作品，是有寓意的，寓意还颇为沉重。但是在写法上，我努力避免写成理念化的小说。常用的结构，是双线叙事，小说包含小说，文本嵌套文本。比如《鲁迅遗稿》嵌套着鲁迅先生的《杨贵妃》片段，《不可能的任务》嵌套着女主人公提交的东京大学刺杀计划，《大地之歌》嵌套着马勒的"大地之歌"。《我，机器人》嵌套的文本，则是主人公的同名小说《我，机器人》。在文体的混搭上，《我，机器人》可能是走得最远的一篇，悬疑小说体，四大名著体，以及结尾的学术论文体。当然在机器人看来，这错落穿插的一切，都是白费工夫：一切不过是0和1。

我本来还想谈谈七篇小说之间的彼此穿插，但感觉已经谈得太多。作为文学评论者，不能煞有介事地分析起自己，我将满怀敬意地聆听读者指正。平日里借着职业上的便利，我经常把小说发给同行，有些朋友沉吟良久，委婉地表示我这种写法像马伯庸。我知道对于这个评价，很多纯文学作家未必高兴，但我深感荣幸。像马伯庸，和像马尔克斯差不多，都是马字辈的作家。马伯庸的写法，对于赢回读者，居功至伟。当然我心里最想学习的作家是艾柯，艾柯先生是学院作者的榜样，《玫瑰之名》是学院小说的典范。学院小说的负面印象，往往充斥着掉书袋的酸腐、教条化的匠气、自矜而不自知的贫乏、伪饰的虚荣、卑琐的空虚，这些印象基本上也是对一位平庸的大学老师的印象。上述的毛病如我的小说里都有，如艾柯的小说里都没有，像《玫瑰之名》这样的杰作一再证明知识越多越轻盈，而不是我们常见的知识越多越呆滞。艾柯小说最迷人之处，在于展现出这一点：写作使人自由。

三

最后，交代一下我这评论小说的，怎么突然写起小说来。人到中年，又面临四个选择：钓鱼、打牌、盘珠子、写小说。这一次，和少年时一样，我还是选择最后一项。不是觉得比前几项高级，而是前面的我都不会。

抬杠式的反问是：你不是大学老师吗，还会写论文啊。不知道为什么，我在二〇二二年春天发表了一篇论文后，心底突然感到茫然。如果写作是一种交流的话，以论文的方式交流，在今天陷入困局。发表本身，正在取代文章本身，学术的根基正在遭遇严重的侵蚀。如果科研是为了发表多少篇，而不在乎发表的是什么，其意义在哪里呢？作为人文研究者，我感到自己一点也不人文，而是像数字化流水线上的一个节点，在一个隐形的封闭系统中循环。对了，我那篇不到两万字的论文，认认真真写了几年，从人文角度反思科学主义，试图研究在以控制论为基座的数字时代，人和动物的区别何在。坦率说，在越来越科学化的时代，以越来越学科化的方式探讨，我很难说清楚区别何在。

人与动物的区别或许在于，人有隐秘的激情。激情有清澈的少年气，万物光亮，如夏日午后。抱着《基督山伯爵》兴奋地走出县城图书馆的我，和写着《松江异闻录》沉默地坐在上海书房的我，隔着二十多年彼此对望。人到中年，在梦幻泡影之间，通过重新回到文学，感受到自己还活着，而不是一个数字，这让人兴奋乃至幸福。

所以从二〇二二年春天到二〇二四年的春天，过往两年里，我主要写的东西是小说。我当年考中文系，本来以为中文系就是培养作家的。初中时我写过赌场小说，扑克牌满天飞；高中时我写过武侠小说，暗器满天飞；大一时我写过爱情小说，情书满天飞；博士快毕业的时候我写过一篇凶杀恐怖的推理小说，《校庆典礼上的杀意》，校庆典礼上尸体满天飞——由此可见心理状态每况愈下。以往的写作我没提过，主要是写得太差；其次是不写论文写小说，在大学越来越专业化的今天，难免被视为不务正业。

何其有幸，在我写这篇后记同时，教育部有关部门将"中文创意写作"纳入中文系二级学科的大家庭，文学教育掀开历史性的一页：中文系今后不仅培养学者，也培养作家。但我不敢以先行者自居，蹭创意写作的热点。这不是基于谦虚，而是基于清醒，世上的职业中或许唯独教授，教授中尤其是创意写作专业的教授，在写作前是一笔负资产：大家会默认你写得不好。写到这里我差点忘记这不是微信聊天，正在找那个捂脸的表情。

无论春江水暖，抑或秋江水寒，写作本身就有无比的快乐。以下这一幕是写作生活的常态：夜深人静的上海，悄声走到书房，扭开台灯，打开电脑，从抽屉里翻出白天藏好的饮料和饼干——从那一刻开始,我的主人公将去秦岭深处解开鲁迅遗稿《杨贵妃》之谜;将在辽宁民众自卫军成立前夕瓦解阴阳师的阴谋;将从柏林大学带着一本神秘的物理学笔记和马勒《大地之歌》的唱片,来到谍影重重的上海……在这些紧张的时刻,我不是作者,而是第一个读者,内心激动,屏住呼吸,不知道即将发生什么。

四

我不知道即将发生什么的,还有读者朋友们的反馈。如果书里的一些故事有助于消磨时光,乃至于会心一笑,那将是我这个作者的快慰。在过去两年间,我收到的反馈,往往来自投稿的期刊。感谢先后发表拙文的文学期刊:《中国作家》《大家》《上海文学》《作家》《雨花》《天涯》《长城》;感谢先后转载拙文的文学选刊:《长江文艺·好小说》《小说月报》。谢谢以上刊物师友们的支持。我的小说经常被放在"评论家小说"栏目中,作为反面教材让作家朋友们出气。我也结合发表后收到的意见,在出版这本小说集之前,从头到尾修改了两个月。感谢出版方上海文艺出版社，感谢诸位领导的厚爱。我自己以往最看重的作品，如《反讽者说》(2017)、《出东北记》(2021)，都是由上海文艺出版社出版，这对于社领导是频频走眼，对于我这个作者是莫大幸运。

感谢本书的责编余凯兄，余凯还是我们创意写作专业的首届毕业生，已经是卓有成绩的青年小说家。创意写作专业的同学们，往往是我的小说第一批读者，他们给出诸多修改意见，我都虚心接受。当然有的同学暴露出自己平常不读论文，建议我关注近年东北文艺复兴热浪，作为东北人不妨研读揣摩，"老师您听说过'新东北作家群'这个概念么？"有的同学放眼海外，建议我提升小说的高级感，应多多熟悉布克奖，注意芥川奖，至少也得关注诺贝尔文学奖。该同学进一步指出，最好让读者感觉我是住在爱尔兰海边写的，橡木书桌摆着一碟 Irish yeast buns。这个意见可操作性很强，但我还是习惯书桌上摆一盘热气腾腾的酸菜饺子，再放一听健力宝。对了，吃饺子的同时我习惯蘸蒜酱，这可怎么高级得了。

感谢我的老师和同事们。我的导师程光炜教授，不仅是学者与评论家，也是一位诗人，是创作与研究兼美的典范。

尤记老师六十寿辰，我曾经提议找来老师诗集《相聚在雨后的密林》，但考虑到在一九八〇年代诚挚凝重的，在另一个时代朗诵却失去重量。还记得读博时查史料，在《中国新文艺大系（1976—1983·诗集）》中发现老师的作品，我指给他看，他笑笑不说话，转头问我饿不饿，下课一起吃饭之类，似乎不想让我多提此事。说这么多，多少也是为自己打气。同时感谢我所任职的华东师范大学中文系，感谢华东师范大学中国创意写作研究院，我想不出第二所高校像华东师大一样有着鼓励创作的传统，并始终以培养出作家为骄傲。如果有一天我能够成为大家议论的"华东师大作家群"中的一员，跻身于"还包括XX等等"之列，那是我巨大的光荣，远甚这本小说集中的华东师大王平教授获得"盛唐学者"。

感谢我的家人，人到中年，发奋写作，满纸荒唐。我读小学的女儿，耳濡目染，似有所悟，在作文课上和老师讨论过写作文最重要的是不是结尾的反转，万幸老师立刻纠正说最重要的是中心思想。而曾经留学香港的老婆，受港片影响很深。她读完这些小说初稿后，还是找到了一个角度鼓励我："做人，最重要的是开心。"

图书在版编目（ＣＩＰ）数据

松江异闻录 / 黄平著. -- 上海：上海文艺出版社，2024. -- ISBN 978-7-5321-9040-9

Ⅰ．I247.7

中国国家版本馆CIP数据核字第2024WP5273号

本书获得上海文化发展基金会2023年度第二期文化艺术项目资助

发 行 人：毕　胜
策划编辑：李伟长
责任编辑：余　凯
封面设计：钱　祺
插　　画：陈炜枫

书　　名：松江异闻录
作　　者：黄　平
出　　版：上海世纪出版集团　　上海文艺出版社
地　　址：上海市闵行区号景路159弄A座2楼 201101
发　　行：上海文艺出版社发行中心
　　　　　上海市闵行区号景路159弄A座2楼206室 201101 www.ewen.co
印　　刷：上海中华印刷有限公司
开　　本：1092×787　1/32
印　　张：9.875
插　　页：3
字　　数：154,000
印　　次：2024年8月第1版 2024年8月第1次印刷
ＩＳＢＮ：978-7-5321-9040-9/I.7116
定　　价：59.00元
告 读 者：如发现本书有质量问题请与印刷厂质量科联系　T: 021-69423456